濱田浩一郎
Hamada Koichiro

シリーズ・敗軍の将の美学❶

明智光秀

その才知、深慮、狡猾

αβ BOOKS
アルファベータブックス

目次

第一章　塵芥

朝霧《あさぎり》かかる安曇川《あどがわ》(近江国《おうみのくに》)の畔《あぜ》に、甲冑《かっちゅう》をまとったひと群れの男たちが、身を屈《かが》めてひしめき合っている。まだ辺りは暗い。

「あれを見よ、小勢じゃが、敵軍がおるぞ。十兵衛殿《じゅうべえどの》、よう知らせてくれた」

鼻下に髭《ひげ》を生やした、年の頃、四十ばかりの小太りの武者が、対岸を指さして、囁《ささや》いた。

武者の左横に控えている目が涼《すず》やかな細身の男は、目礼《もくれい》してから、

「いえ、それがしの功《こう》にあらず。こちらにおります藤田伝吾《ふじたでんご》の手柄にございます」

筋骨逞《きんこつたくま》しい色黒の男に片方の手を向けた。伝吾と呼ばれた男は、むっつりした顔で、黙礼する。

「十兵衛殿は、良き働きをする家臣を持たれた。果報者《かほうもの》じゃ」

「はっ」

低く声をあげた十兵衛は、すぐに目をキッと対岸に向けた。

（敵の兵の数は、百ほどか。小手調《こてしら》べのために遣《つか》わされたものか）

「左衛門尉《さえもんのじょう》殿、御身《おんみ》はどうお考えか？　このまま力攻めにすべきか否《いな》か」

十兵衛は顔を前方に向けたまま、右横にいる同じ年頃の武者に問いかけた。厳しい顔付きの左衛門尉は、

「我が方は敵方《てきがた》より、兵の数は少ないが、攻めかかって負けるほど、腕はなまってはおらぬ」

そう言ってから薄っすらと笑みをもらす。

「左衛門尉殿もそうお考えか。私もそう思う」

二人の話を聞いていた小太りの武者は、

「沼田《ぬまた》殿や明智《あけち》殿の申される通りじゃ。皆の者、これより少し前に進むぞ」

と言うが早いか、葦《あし》を押しのけた。明智十兵衛や沼田左衛門尉もそれに倣《なら》う。敵勢は、葦に潜むこちらには気付いていないのか、川を音をたてて渡ってくる。

「弓を構えよ」

小太りの武者が自らの家臣に向けて声を発した。十兵衛と左衛門尉もそれぞれ、

「弓を構えるのじゃ」

郎党《ろうとう》に対して囁く。

「まだ放《はな》つでないぞ」

と付け加えて、十兵衛は敵勢の動きを見つめる。敵方は旗も立てず、隠密裏《おんみつり》に渡河《とか》しているつもりだろうが、彼らが動くと共に、ジャブジャブと音が聞こえてきた。近隣にある田中《たなか》城を奇襲する手筈《てはず》なのだろう。田中城は小太りの武者——田中重政《しげまさ》の居城だ。田中氏は、鎌倉時代より続く佐々木《ささき》氏の分家《ぶんけ》衆《しゅう》・高島七頭《たかしましちとう》（高島・平井《ひらい》・朽木《くつき》・永田《ながた》・横山《よこやま》・山崎《やまざき》・田中）の一つであり、六百を超す軍勢を動員できる有力豪族《ごうぞく》であった。十兵衛らに敵方の兵の顔がぼんやりとではあるが、見え始める。

「まだまだ」

歯を噛みしめつつ、十兵衛は郎党に呟《つぶや》く。十兵衛と敵方の雑兵《ぞうひょう》の目があった。

「今じゃ、放て」

これも小声で言うと、郎党は立ち上がり、一斉に矢をつがえ、敵兵に向けて放つ。唸《うな》りをあげて、それらは敵兵の首や、頭に突き刺さるのであった。

「敵襲じゃ」

驚き、川に手をつく者あれば、早や、もと来た所に逃げようとする者、恐れずにこちらに向かってくる者、敵方の態度はそれぞれである。しかし、その態度は最早《もはや》、誰が見ても、浮足立《うきあしだ》っていることに相違はなかった。

「それっ、かかれ！」

十兵衛らが下知《げち》すると、郎党たちは、腰刀《こしがたな》を抜いて、飛び出していく。もちろん、十兵衛も、叫び声をあげて突進していく兵に混じって、刀を抜き、駆け出す。日は昇ろうとしていた。十兵衛が着用する紅糸縅《べにいとおどし》の二枚胴具足《にまいどうぐそく》が朝日に照らされ、浮かび上がる。十兵衛は愛刀の備前刀《びぜんとう》を振り上げ、雑兵を叩き斬った。斬られた雑兵は、そのまま倒れ、川の中に沈んだ。十兵衛の刀捌《かたなさば》きに敵兵は明らかに怯《ひる》んでいた。十兵衛が迫ると、川に尻餅をつき、慌てふためいて逃げていく。遠くから矢を放ってくる敵兵もいるが、途中で川に落ちるか、運が悪い者に命中した。

「うっ」

十兵衛の前方で、呻き声があがった。敵の矢が、左腕に当たっている。

（運の悪い奴じゃ）

十兵衛が駆け寄り、顔を見ると、左衛門尉であった。

「大事《だいじ》ございませんか」

「何の、何の。大事ござらん」

左衛門尉は苦虫《にがむし》を噛み潰した顔をしていたが、腕に刺さった矢を抜くと、へし折り川に捨てた。

「十兵衛殿、進もうぞ」

「無理をしてはなりませぬ」

押しとどめようと、十兵衛は左衛門尉の肩に手をかけたが、気にせずに前に出ようとする。左衛門尉は腕の痛みを全身で抑え込むようにして、敵に斬りつけていった。まるで八つ当たりでもするかのようだ。

(これなら、大丈夫そうだ)

十兵衛も安堵《あんど》して、向かってくる敵兵と切り結ぶ。どの雑兵も本気になって敵を殺すという気概《きがい》がないのか、刀と刀が触れただけで、十兵衛には勝負の結末が読めるのであった。この時も、十兵衛の力に押されて、敵兵は倒れ込み、水中に手をついた。十兵衛は敵兵の鼻先に刀を突きつける。敵兵の身体は小刻みに揺れていた。

(震えているのか)

刀を横に向けた十兵衛は、そのまま一気に、敵兵の首めがけて、刀を叩きつけた。敵兵の首は、コロリと川に転がる。十兵衛には何の罪悪感もなかった。こやつを今、殺さなければ、何《いず》れまた敵として、ここを襲ってくるだろう。もしかしたら、近在の民家に押し入るかもしれないし、田の稲を刈り取り奪うかもしれない。何より、十兵衛自身が、逆に首にされてしまうかもしれないのだ。そう思うと、自らの行為を恥じる余地は全くなかった。十兵衛が、辺りを眺め渡した時、敵の姿は既に消えていた。

十兵衛は、負傷した左衛門尉を身体で支えつつ、田中氏の居館へ戻る。同氏の城は山城《やまじろ》ではあるが、標高二二一メートルほどに位置し、難攻不落《なんこうふらく》というわけではない。だが、城からは安曇川はじめ琵琶湖《びわこ》を一望することができる。邸《やしき》に入った十兵衛と左衛門尉を、先に帰還していた当主の重政が広間で迎える。

「左衛門尉殿、大事ないか。十兵衛殿も無事で何よりじゃ。先ほどの敵兵、旗は立てておらなかったが、また三好《みよし》の者どもであろう。しつこい奴らめ」

重政は、鼻息を荒くして、膝《ひざ》をうつ。

永禄《えいろく》八年（一五六五）五月、室町幕府の十三代将軍・足利義輝《あしかがよしてる》は、三好三人衆《さんにんしゅう》（三好長逸《ながやす》・三

好宗渭《そうい》・岩成友通《いわなりともみち》)や松永久通《まつながひさみち》(久秀《ひさひで》の嫡男《ちゃくなん》)に襲撃されて、京の二条御所《にじょうごしょ》において、壮絶な死を遂げた。義輝の弟は、覚慶《かくけい》といい興福寺《こうふくじ》一乗院門跡《いちじょういんもんぜき》として、奈良にいたが、兄の殺害を契機《けいき》に、三好らによって、幽閉《ゆうへい》されてしまう。

しかし、義輝の側近であった細川藤孝《ほそかわふじたか》・和田惟政《わだこれまさ》・三淵藤英《みつぶちふじひで》といった面々が、覚慶を脱出させ、大和《やまと》から近江へと誘う。ひと先ず、和田惟政の邸に入った覚慶は、続いて近江矢島《やじま》に移り、そこで還俗《げんぞく》、永禄九年(一五六六)二月に足利義秋《よしあき》を名乗る。諸国の大名と頻《しき》りに連絡をとり、上洛の機会を窺う義秋の行動は、三好氏を刺激し、八月初めには、三千の兵でもって、矢島に夜襲を仕掛けてきた。奉公衆《ほうこうしゅう》の奮戦により、敵を撃退することはできたが、矢島にいては危ういと、義秋らは越前《えちぜん》の朝倉義景《あさくらよしかげ》を頼り、北国《ほっこく》に赴《おもむ》く。これが八月下旬のことである。

高島七頭の一家・田中氏は、三好氏と敵対し、将軍家に心を寄せていた。沼田左衛門尉は名を清長《きよなが》といい、幕府の奉公衆を務める家の出である。そして、十兵衛は、幕臣・細川藤孝の家臣であった。彼ら将軍家に想いを寄せる者たちは、三好方の北進を止めるため、都《みやこ》の情報を得るため、琵琶湖を見下ろし、朽木街道を扼《やく》する田中城に拠《よ》ったのだった。それから、早や、二月《ふたつき》が過ぎようとした時に、この度の襲撃である。十兵衛らに緊張が走った。が、今回も撃退できたこともあり、安堵の想いも芽生えつつあった。

「しかし、此度《こたび》も敵を退けることができました。二度も負けたとあっては、三好も当分は兵を差し向けてはこぬでしょう」

広間の床に手をつき、十兵衛が言うと、

「我らも、そろそろ、一乗谷に行かねば。重政殿がおられるなら、安心じゃ」

左衛門尉清長は、左腕を片手で押さえつつ、十兵衛を見た。十兵衛はコクリと頷《うなず》く。

「いや、いつかはその時が来るとは思っていたが。各々方《おのおのがた》と別れねばならんと思えば、寂しいもの」

太い眉根《まゆね》を下げて、重政は俯《うつむ》いた。十兵衛らは腰を屈めて、重政に謝意を示し、広間を出る。相変わらず、清長は腕を押さえていた。それを見た十兵衛は、

「左衛門尉殿、こちらに」

と言うと、袖を掴み、誰もいない小部屋に引っ張っていく。

「如何《いかが》した」

不審に思う清長に構いなく、十兵衛は、懐から紙を取り出すと、

「これは、生蘇散《せいそざん》という薬でございます。これを傷口に付ければ、治りも早うございます」

清長の袖を捲り上げ、血が滲《にじ》む傷口に塗り付けた。清長の顔が痛みで歪むが、痛いとはひと言も言わない。塗り付けが終わると、清長は、

「忝《かたじけな》い」

頭を下げた。

「お大事になさってください」

十兵衛が立ち上がり、部屋から出ようとしたところ、

「しばらく」

清長は呼び止める。

「生蘇散とは聞いたことがない薬じゃ。如何なる薬なのか」

再び着座した十兵衛は、

「生蘇散は、越前の朝倉家で使われていた薬でござる」

微笑する。

「ほう、朝倉家で。して、この薬、何が入っているのか、ご存知か」

「はい、芭蕉《ばしょう》の巻葉《まきば》、スイカズラ、黄檗《おうばく》、山桃《やまもも》の実と皮でございます」

「それをどうするのじゃ」

「黒焼きにして、すり潰すのです。用いる量は、季節によって加減します。春冬は等分に、夏は多めに山桃の皮を入れるのです。生蘇散は、傷付薬として、朝倉家で用いられておりました」

生き生きとした表情で、早口で語る十兵衛。清長は感心し、

「十兵衛殿は、薬師《くすし》でもしていたのか」

驚いた顔で問うた。

「かつて、越前の長崎称念寺《しょうねんじ》の門前《もんぜん》で、薬師をしていました。まぁ、村の子供が怪我をして駆け込んでくる、それに薬を塗るといった程度のことですが」

懐かしそうな顔をして、十兵衛は天井を見上げた。

「そうであったか、十兵衛殿ほど武人の才のある人が」

「いえいえ、長い牢人《ろうにん》暮らし。薬師でもしなければ食べていけず。何とも人の世は思い通りにならぬものです」

「確か、美濃国《みののくに》のお生まれで、土岐《とき》家のご一族とか」

「土岐明智の一族でございます」

「土岐家と言えば、清和《せいわ》源氏《げんじ》の名門！」

十兵衛は照れたように、赤くなり今度は床を見た。十兵衛光秀の出自《しゅつじ》に関しては、土岐明智氏の出身であるというものと、それとは無関係の美濃の土豪《どごう》であるというものとがあり定かではない。自らに箔《はく》をつけるため、光秀が勝手に土岐氏の一族と名乗った可能性も指摘されている。

「では、左衛門尉様、お大事に」

光秀はにっこり微笑むと、一足先に部屋を出た。重政の邸からほど近い場所にある田中家の一族の邸に、光秀や妻の熙子《ひろこ》、そして明智家の郎党は住まわせてもらっていた。田中家の人々は、歓待してくれて、ここ数ヵ月、何不自由なく暮らしている。越前で薬師の真似事のようなことをしていた時よりも、余程ましだ。

「今帰った」

あてがわれた部屋に入ると、妻の熙子が、

「無事のお帰り、お喜び申し上げます」

深々と頭を下げた。

「此度も、三好方を蹴散らしたぞ」

気力が充実している顔で、甲冑姿のまま、光秀は円座《えんざ》に座った。

「はい、これも貴方《あなた》様をはじめ、皆々様の力の賜物でございます」

熙子が輝く目で言ったので、光秀は大きく頷いてから、

「我ら、もうすぐ、ここを立つぞ」

熙子の目を見据えた。熙子はもう既に知っていたかのように、落ち着いた声で、

「越前に参るのですね」

過去の記憶を辿る表情を見せた。光秀と熙子は、十年以上前に結ばれた。熙子は、美濃の妻木《つまき》城主・妻木広忠《ひろただ》の娘だが、光秀との結婚生活は波乱に満ちていた。明智家は美濃の国《こく》主《しゅ》・斎藤道三《さいとうどうざん》に仕えていたが、道三とその息子・義龍《よしたつ》との対立に巻き込まれ、道三方に付いたことから、一族は弾圧・離散の憂き目を見て、光秀は諸国をめぐることになる。光秀の父・光綱《みつつな》は、光秀が若年《じゃくねん》の頃に亡くなっていた。母は美濃に残したままだった。

京の都、越前国、近江国……光秀と熙子は、これまで様々な土地にいて、時にひもじい想いもしてきた。しかし、そのような時も、愚痴をいうことなく、二人は慎《つつ》ましく暮らしてきたのだ。そして今、かつて暮らした越前に戻ろうとしている。

「我ら一同、義秋公を盛り立てねばならん」

光秀はギラギラと目を輝かせて、立ち上がった。そして、興奮した表情で、部屋の中を動

き回る。光秀にも、そして熙子にも、過去に越前で暮らしていた時とは異なる、何か大きなことが彼《か》の地で待ち受けているように思えた。

真昼であるにも拘わらず、空は鉛色《なまりいろ》をして、今にも雪が降ってきそうだ。風も昨日より強い。光秀主従は、越前は一乗谷へと足を踏み入れた。縦横を走る路《みち》と、長く続く築地塀《ついじべい》は今も昔も変わっていない。商人や職人たちの住む町屋《まちや》は、かつてより多いように思える。往来の人々には活気があり、一乗谷が、一層賑わいを見せている証拠である。光秀が過去に越前にいた時も、そして今も一乗谷の主《あるじ》は、朝倉義景である。父・孝景《たかかげ》の急死により、十六歳で家督《かとく》を継いだ男。光秀は、寺の門前に住んでいただけなので、もちろん、義景に会ったことはない。ただ、薬師をしていたこともあり、人々がもたらす、義景評というのは聞いたことはある。風貌は、後頭部が異常に長く、眉根が吊り上がり異相《いそう》ではあるが、和歌《わか》や茶道《さどう》・猿楽《さるがく》などもよくする教養人、国はよく治まっているので、殿は聖人君子《せいじんくんし》じゃとの声が多かった。

朝倉家は、内紛に敗れた者を庇護《ひご》する気風《きふう》が、義景の父の代からあるようで、美濃の守護であった土岐頼武《よりたけ》は、一族との抗争に敗れ、越前に亡命している。古くは、八代将軍・足利義政《よしまさ》の側近として勢威があった伊勢貞親《いせさだちか》も失脚後は若狭《わかさ》にいたし、十代将軍・義材《よしき》(義稙《よしたね》)も流浪の途上、越前にいて再起を期していたという。そして、今は、亡き将軍・義輝の弟・義秋を匿《かくま》っている。

（面白き家風じゃ。まぁ、家風というよりは、自らを利するため、そうしているに違いないが）

馬上で揺られながら、光秀はゆっくりと目的地を目指す。女人《にょにん》も交じっているので、このくらいの速さがちょうど良い。光秀らは、主君の細川藤孝が仮住まいしているという邸を目指している。

「あちらに見えるが、兵部大輔《ひょうぶたゆう》様（藤孝）がお住まいのお屋敷とのこと」

轡《くつわ》をとる伝吾が振り返っていう。伝吾は最前から、道往く人に、藤孝の屋敷の場所を聴き回っていたが、中には伝吾の厳《いか》つい、または無愛想な面貌《めんぼう》を恐れて、逃げてしまう者もいた。

（伝吾は顔で損をしている）

伝吾の悪戦苦闘を眺めて、光秀はそう思った。やっとのことで、数人に聞きだして、屋敷の場所を掴むことができた。一乗谷の路は、急に行き止まりになったり、折れ曲がったりして、非常に進みにくい。敵勢に攻め込まれた時、防御しやすく作られているのだ。伝吾が指さした方に、藤孝が住む屋敷があった。中規模の武家屋敷である。名乗りをあげると、下女《げじょ》

が出てきたので、取次を頼む。暫くして、下女がまた現れて、

「中にどうぞ」

というので主屋《おもや》に入っていく。下女が部屋の襖《ふすま》を開けると、上座《かみざ》に藤孝が端然《たんぜん》として座っている姿が見えた。

「殿、唯今《ただいま》、参上《さんじょう》しました」

光秀が声を張り上げると、藤孝はチラリとこちらを眺め、

「よくぞ参った。待ちかねたぞ」

本心からそう思っているにしては、冷静な声を発する。年は光秀の方が六つ上だが、藤孝の振舞いは、落ち着いたものだった。和歌や茶道を嗜《たしな》む文化人ということもあるが、代々、将軍家に仕える家に生まれたことも大きいだろう。

「一乗谷は良きところでございますな」

愛想笑いを浮かべて、光秀がいうと、

「流浪の身であったこれまでの暮らしを想うと、まさに極楽。かつては、燈篭《とうろう》の油にも事欠く有様であった」

しみじみと藤孝は述べた。

「拙者もよく、お社《やしろ》から油を頂戴したものでした。それはそうと、左馬頭《さまのかみ》様(義秋)は、ご機嫌麗《うるわ》しくおられますか」

「うむ、お体は健やかじゃや。だが、左衛門督《さえもんのかみ》殿(朝倉義景)が上洛《じょうらく》に乗り気ではないことに心を痛めておられる」

「左衛門督様は、上洛のお気持ちがないと?」

「今のところはな。加賀国《かがのくに》の一向衆《いっこうしゅう》が蠢動《しゅんどう》していることも大きいのであろうよ。一向衆と通じる家中の者もおるようでな。義秋様は、両者を和解させようと、仲介の労をとっている最中じゃや」

「なるほど」

「義秋様は、これまで多くの諸大名に上洛を働きかけたり、和睦《わぼく》を勧めてこられた。越後《えちご》の関東管領《かんとうかんれい》・上杉輝虎《うえすぎてるとら》にも、そして近頃は尾張《おわり》の織田信長《おだのぶなが》にも。信長は儂《わし》に手紙を寄越し、こう言っていた。左馬頭様を奉じて上洛したいと。義秋様は、敵対する美濃の斎藤龍興《たつおき》と信長の和議の仲介をなし、和議は成った。憂いをなくした信長は、この夏にも上洛するはずだった。それを愚かにも、また戦を始めよった。斎藤が織田軍の通り道を塞いだというが、誠《まこと》か嘘《うそ》か。織田軍は斎藤方に蹴散らされ、兵を退いたとか。全く、どうしようもない」

藤孝は、袴《はかま》を両手でギュッと握ると、唇を噛みしめた。普段は冷静であるが、感情が昂《たかぶ》ると、こうする癖があるのを、光秀はこれまでよく見てきた。武芸にも優れ、洛中で突進してきた牛を投げ飛ばしたとの逸話《いつわ》を残すだけあって、本当は人一倍多感なのだろう。それを無理をして抑え込んでいるように、光秀は感じることもある。

「十兵衛よ、部屋はまだ空いておるから、今日からここに住め。義秋様は今は敦賀《つるが》におられるが、一乗谷に御所が出来次第、移ってこられる。その時は、目通《めどお》りするが良いぞ。その時まで、我らはここにいて、義秋様をお迎えする備えをしなければならん」

藤孝が袴から手を離し、力強く言ったので、

「はっ、有難き幸せ」

光秀は、心を高鳴らせて平伏《へいふく》する。

(義秋様に目通りが叶う)

これまで遠くから義秋を見たことはあったが、近くで直接、対面することはなかった。越前では、大きなことが待ち受けている……光秀の予感はすぐに的中したのである。

永禄十年(一五六七)十一月、足利義秋は、一乗谷の安養寺《あんようじ》(浄土宗《じょうどしゅう》)の北隣に建てられた御

所に入った。義秋は三十を迎えようとしていたが、自らを擁《よう》して上洛してくれる大名が現れないことに、苛立ちを強めていた。

藤孝と光秀は、義秋と対面するため、共に御所に向かう。安養寺の黒門《くろもん》を横目に見ながら、二人は御所の門に辿り着く。この辺りには、二人はもう何度も来ている。どこに御所を築くか、どのような御所にするのか、朝倉の家中の人々と一歩一歩、詰めていった。御所の前にも、多くの屋敷が作られていた。藤孝と光秀も、その屋敷群の一つに住まっている。御所の側面には土塁《どるい》が築かれ、敵の襲来にも備えていた。今のところは、越前にいつまで居るのか、誰も見当がつかない。ただ、長丁場になりそうな予感は、光秀にあった。

普段は緊張しない光秀ではあるが、足利将軍の連枝《れんし》の御前に侍《はべ》るとなると、寒風吹きすさぶ季節ではあるが、額に汗が滲む。大広間に通された光秀は平伏し、藤孝が義秋に申し上げる口上《こうじょう》に黙って耳をすませていた。

「ここに控えるは、明智十兵衛光秀と申す者、土岐明智の一族でございますが、訳あって、諸国を流浪、仕官《しかん》先を探しておったそうでございます。この越前にもいたことがございますが、その後、都に出てきて、拙者《せっしゃ》を訪ねてきたのです。それがしに仕官したいと言うので、それ以来、召し抱えておりますが、主の拙者が申すのも可笑しな話ですが、なかなか役に立つ男でござる。昨年も、江州《ごうしゅう》高島にて、三好の軍勢、押し返しましてござりまする。此度も、御所の造営に際しては、よく力を尽くした者でございます。お見知りおきくださいませ」

藤孝が言い終わり平伏すると、義秋は、ほぉーと言う感嘆ともとれる声をあげてから、

「明智十兵衛とやら、面《おもて》を上げよ」

甲高い声を響かせた。

「はっ」

光秀は一声あげてから、面を上げる。黒の直衣《のうし》を着用し、立烏帽子《たてえぼし》を被った義秋の姿を見た光秀の心に、

(これが前将軍の弟御か)

との想いが沸き上がってきた。

「三好方を退けたとのこと、その功《こう》は大きい。何れ、報いねばならんな」

顎髭《あごひげ》を動かしながら、唐突に、義秋は言った。

「勿体ない仰せにございます」

光秀は一礼して答える。

「儂の望みは幕府を再興すること、そのためには、先ずは上洛して、足利家の勢威を示さね

ばならん。そなたも、更に励《はげ》んでくれよ」

　小太りの体を少し前に出して、義秋は言う。

「精一杯、励みまする」

　力強く、光秀が答えると、藤孝は、

「では、そちは下がれ」

　光秀に囁いた。光秀は感激に包まれた様子で、大広間から退出し、帰途についた。邸宅に着いてからも、光秀は興奮が収まらないようで、

「義秋様からお言葉を賜《たまわ》った」

　子供のように、熙子に繰り返すのだった。その言葉を聞く度に、熙子は、

「ようございましたな」

　優しく微笑む。いつも、むっつりしている伝吾も今日ばかりは、羨望の眼差しで、光秀を見ていた。

（これからが正念場だ）

　浮かれる気分を抑えつけるように、光秀は自らを叱咤《しった》する。義秋上洛の手立てはどうすれば良いか、一人で考えても詮無《せんな》いことを、あれこれ思い悩む光秀。塵芥《ちりあくた》のような牢人暮らし

を想えば、今の境遇は夢のようであった。

永禄十一年(一五六八)四月に足利義秋は元服《げんぷく》し「義昭《よしあき》」と名を改めた。その直後、光秀は藤孝を通じて、一乗谷の御所に再び参上するよう告げられる。前もって伝えられた藤孝からの話によると、義昭は光秀を自らの足軽衆《あしがるしゅう》としたいとのこと。光秀はそれに、

「有難き仰せ」

一も二もなく、飛びついた。御所の大広間に入ると、既に多くの武者が着座していた。光秀は空いているところを見つけて、そこに堂々と座り、目を閉じて、義昭の登場を待つ。

「左馬頭様がお見えになられる」

藤孝が廊下に現れて、片膝ついて、皆に告げる。一同は皆、平伏。衣擦《きぬず》れの音が微《かす》かに聞こえると、

「皆の者、面を上げよ」

義昭の声が上から振ってきた。義昭は、一同の面構《つらがま》えを満足気に眺め回しながら、

「余は先日、元服し、義昭と名を改めた。それに伴い、家中を整えようと思い立ち、ここに新たに足軽衆を加えようと思う。そなたたちじゃ。これまでに増して、忠勤を尽くすよう

に」

　と言い渡した。

「はっ！」

「懸命に励みまする」

　方々から感激の声があがった。光秀も、

「励みまする！」

　皆に負けぬよう、声を張り上げた。その直後、この度、足軽衆に編入される面々の名が、藤孝によって読み上げられる。

「山口勘介《やまぐちかんすけ》、野村越中守《のむらえっちゅうのかみ》、内山弥《うちやまや》五《ご》太《た》兵衛尉《ひょうえのじょう》、丹彦十郎《たんひこじゅうろう》、長井《ながい》兵部少輔《ひょうぶしょうゆう》、薬師《やくし》寺《じ》弼長《すけなが》、明智十兵衛……」

　名の読み上げが終わると、藤孝はこわばった顔を少し緩め、

「義輝公の頃より足軽として仕えし者、足利家の庶政《しょせい》を切り盛りしてきた伊勢《いせ》氏の旧臣、丹《たん》波《ば》の国衆《くにしゅう》、そして此度、足軽衆となった者、この中には様々な者がいるが、左馬頭様への忠節の心は皆、同じはず。心して励むように」

　一同を見回して言った。この儀式から三月《みつき》ほど経った頃、義昭や光秀の身の上に転変が訪

れる。織田信長が義昭らを美濃に迎えるというのである。しかも、単に迎えるというのではなく、義昭を奉じて上洛する腹積もりのようだ。藤孝からこの話を聞いた時、光秀は内心、

(誠か)

と疑った。信長といえば、駿河《するが》の今川義元《いまがわよしもと》を破った名将と名高いものの、美濃攻略に手間取り、挙句の果てには上洛の約束を一度反故《ほご》にした男である。信長のもとを訪れたは良いが、そこに長く留め置かれるのではないか、朝倉家での日々のように。光秀の疑念を読み取ったのか、藤孝は、

「確かにこれまでの経緯はある。しかし、今や信長は美濃の斎藤龍興を追ったばかりか、北伊勢にまで出兵し、その勢いはまさに日の出の如し。近江の国衆とも誼《よしみ》を通じておる。上洛も夢ではない」

と言い、光秀を納得させようとした。一連の情勢を聞くと、光秀にも信長は上洛を本気で敢行《かんこう》するのではと思えてきた。

「得心《とくしん》致しました」

光秀は、笑みをもらす。美濃国の国衆や織田家の家臣も越前に来訪し、義昭を迎える手筈を談じているようだ。

「美濃への出立《しゅったつ》は近い、備えておくように」

その日、最後に藤孝から言われた言葉は、光秀が床についてからも耳に残っていた。熙子にもその事を伝えたら、驚いた顔をしていたが、もう寝息をたてて眠っている。光秀は興奮して、その夜はなかなか寝付けなかった。

七月十三日、義昭は一乗谷を発し、美濃へと向かう。もちろん、藤孝や光秀も供《とも》している。二十五日には、岐阜城下の立政寺《りゅうしょうじ》に入った。一同の衣は汗で濡れている。

「暑い、暑い」

義昭は扇子《せんす》を取り出して、頻《しき》りにあおいでいた。光秀らは、義昭所有の道具類が入った木箱を部屋の隅に置いたりして、汗を拭《ぬぐ》う暇もない。そこに、藤孝が急ぎ足で駆け込んできて、

「織田尾張守《おわりのかみ》殿、義昭公にご挨拶したいとのこと、もうすぐ」

片膝付いて伝えたところで、背後から、

「織田尾張守にございます。義昭公にご挨拶のため、参上致しました」

よく透る声が聞こえる。早や、信長がやって来たのだ。一同は手を止めて、慌てて着座する。義昭も若干、隙を突かれた顔をして、

「そなたが尾張守殿か。対面できて嬉しく思うぞ。苦しゅうない、面を上げられよ」

扇子であおぐのを止めた。顔を上げた信長を、光秀はこっそり上目遣いで見た。緑の肩衣《かたぎぬ》と袴を着用している信長の顔は、細面《ほそおもて》でどちらかと言えば馬面《うまづら》である。髭は生えておらず、目や眉根は細い。光秀の直感では、神経質そうな顔立ちに思えた。

「お言葉、恐悦至極《きょうえつしごく》に存じます。この信長、義昭公に必ず都の土を踏んで頂きたく、粉骨砕身《ふんこつさいしん》、努めまする。義昭公こそ、征夷大将軍《せいいたいしょうぐん》に相応しいお方。三好らが担ぐ義栄《よしひで》様などは、真の将軍にあらず」

体格のわりに、信長の発する言葉は、いつも力強い。

「よくぞ申した。尾張守殿の言葉、頼もしい限りじゃ。期待しておるぞ」

義昭は興奮気味に立ち上がると、信長の手を取った。信長は恐縮してかしこまる。若い頃の信長は、尾張の大うつけと呼ばれ、奇抜な衣装と言動をしていたと光秀もチラリと聞いたことはあったが、その面影は微塵もない。礼儀や秩序を重んじる、真面目な大名といった感じだ。義昭が上座に戻ってから、信長は、再び口を開く。

「これなるは、銅銭千貫文《どうせんせんかんもん》でございます。太刀《たち》・鎧《よろい》もござりますれば、謹《つつし》んで献上致したく存じます」

「おぉ、それは忝い。尾張守殿の心遣い、余は嬉しく思うぞ」

　義昭はそう言うと、別室に姿を消した。義昭が去ると、信長は部屋の中を見回し、

「各々方もお疲れであろう。ゆるりと休まれよ」

　光秀らに向けて言った。続けて、

「そなたは、細川兵部大輔殿（藤孝）、一度お目にかかったことがある。また、書状のやり取りも何度かさせてもらいましたな。その節は、お世話になった」

　と、光秀の隣にいる藤孝に声をかけてきた。藤孝は、

「こちらこそ、お世話になり申した。再びお会いできて嬉しく思います」

　満面の笑みを見せた。

「そちらの御仁《ごじん》は？」

　信長は素早く、藤孝の隣に控える光秀に視線を移した。

「拙者が以前、召し抱えていた明智十兵衛光秀にございます。今は、足軽衆として、義昭公に仕えている者。美濃の出で、土岐明智の一族でございます」

　藤孝が代わりに答えるのを聞き終わると、

「何と、美濃の！　儂の妻は、斎藤道三の娘で、帰蝶《きちょう》というて、美濃の出じゃ。帰蝶の母も明智家の出じゃそうな。そう聞いたことがあるぞ」

光秀の顔をじろじろ眺めながら、愉快そうに言った。

「はっ、それがしは、帰蝶様にはお目にかかったことはございませんが……」

光秀が恐縮して答えると、

「そうか。しかし、帰蝶の親族であるには違いあるまい。目元が涼やかな良き武将とお見受けした。明智十兵衛殿、名は覚えておこう」

信長は立ち上がり、光秀らにも贈り物があると付け加えて、手ずから、刀や銅銭を分け与えた。光秀は、信長の気前の良さや財力に驚き、

(これは、なかなかの人物だ)

舌を巻いたのであった。永禄十一年九月七日、信長は足利義昭を奉じ、上洛の途についた。

第二章　上洛

「南近江の六角承禎《ろっかくじょうてい》・義治《よしはる》父子、我らが上洛に協力せぬとの姿勢を貫いております。六角を一気に討ち果たし、早々にお迎えを差し上げましょう。今しばらく、ここでお待ちください」

紺糸威胴丸具足《こんいとおどしどうまるぐそく》に身を包んだ信長は、気迫に満ちた言葉を義昭らに残し、岐阜を立った。

「足利家の各々方には面倒をかけさせませぬ。我らが馬廻《うままわり》の者だけで、六角を討ち果たしてご覧に入れましょう」

とも豪語していた信長は、六角方が籠る観音寺《かんのんじ》城や箕作《みつくり》城に、織田家の武将（佐久間《さくま》右衛門尉《うえもんのじょう》・木下藤吉郎《きのしたとうきちろう》・丹羽《にわ》五郎左衛門《ごろうざえもん》ら）を遣わせて、攻撃させた。箕作城は堅城《けんじょう》であり、一度は攻撃を跳ね返されてしまうが、夜に奇襲をかけたことから、城内は混乱、夜明け前に城は落ちた。

この報《しらせ》を得た観音寺城の六角父子は、自らの不利を悟ったのか、忽《たちま》ちのうちに、城から逃げ出し、九月十三日に難なく織田軍は入城することができた。

「信長様、六角勢を打ち払い、京に向けて進軍中」

との報せに、義昭らは歓喜する。九月十四日には、不破河内守《ふわかわちのかみ》が立政寺にやって来て、

「ご入洛のお迎えに参りました。さぁ、ご準備を」

告げたものだから、その速さと勢いに、義昭や光秀も目を瞠《みは》った。これまで、牛歩《ぎゅうほ》だったものが、騎馬に変わったほどの進展に、些《いささ》か戸惑いつつも、喜び合うのだった。

（数万の大軍を率いていたとは言え、この速さ、恐るべきものだ）

光秀などは、喜びよりも先に、信長という武将の底知れぬ力を感じた。義昭らは、九月二十二日には、近江の桑実寺《くわのみでら》に、二十七日に三井寺《みいでら》の光浄院《こうじょういん》に宿泊。その間にも信長は諸将を三好方が籠る城に差し向けて、圧力を加えた。山城《やましろ》の勝竜寺《しょうりゅうじ》に籠る岩成友通は足軽を繰り出して応戦するが、二十九日には落城。織田軍は首五十余りを討ち取ったという。

その前日、義昭らは、京の清水寺《きよみずでら》に入っている。摂津国《せっつのくに》に盤踞《ばんきょ》していた三好の家臣も、十月初め頃までには、城を放棄するか、降伏を選んだ。信長は三好方を攻めるため、摂津の芥川城《あくたがわ》に拠っていたが、そこに義昭らも加わる。十月十四日、義昭は芥川から京に向かい、本圀寺《ほんこくじ》へ。信長も供廻りの兵とともに、清水寺に入る。十四代将軍の足利義栄は、持病がも

とで、十月初めには死去していた。同月十八日、義昭は参内《さんだい》し、征夷大将軍に任じられる。

細川氏の邸で、祝賀の宴《うたげ》が開かれた。上座には義昭が威儀《いぎ》を正して座り、下座《しもざ》には信長が着座していたが、

「信長殿、もそっと近《ちこ》う」

義昭が言うので、信長が膝を進めると、

「盃《さかづき》を取らせようぞ」

義昭は自ら盃に酒を注ぐ。そして信長はそれを一気に飲み干した。

「良い飲み振りじゃ」

手を叩かんばかりに、義昭は喜んで、

「此度、上洛が叶うたのも、信長殿のお陰じゃ。儂は、信長殿を父のように思うておるぞ」

と言った。光秀はその言葉を聞いて吹き出しそうになった。義昭は信長の三歳年下、それを父のように思うとは……上機嫌なのは分かるが、度が過ぎるのではと。義昭のこの発言が象徴するかのように、信長は義昭の意向であっても、遠慮なく撥《は》ねつけるようになる。

「上洛での戦で、身を捨てて働いた者共に、慰労のため、能《のう》を見物させよ。観世大夫《かんぜだゆう》に、全てで十三番、演じてもらおうではないか」

義昭は、名案《みょうあん》と言わんばかりに、膝を打って命じたが、その書付《かきつけ》を見た信長は、

「隣国はまだ不安定、戦は終わってはおりませぬ」

厳しい顔で言い、五番に縮小するように取り計らった。義昭は、信長の返答を聞き、

「好きなようにせよ」

口を尖らせて、少し不満気であった。義昭は感謝の印にと、信長に、

「副将軍か管領職に任命しよう」

と提案するも、これも信長は辞退。

「それがしには、身が重すぎます」

頭を振るのみだったという。

(なぜだ)

光秀は、最初、信長の辞退の理由が掴めなかった。しかし、よくよく考えてみて、

(義昭公より格下の職に就くことを避けたのでは)

との結論に至った。

「武勇・知略共に優れた武将じゃ」

本圀寺からの帰り道、光秀は腕組みしつつ、独り呟く。光秀は、信長という男により惹か

れつつあった。その年の十月下旬、信長は岐阜城へと帰還する。

六条堀川《ろくじょうほりかわ》にある日蓮宗《にちれんしゅう》の古刹《こさつ》・本圀寺。上洛を果たした足利義昭は、ここを仮御所とする。義昭の足軽衆は、警固《けいご》のため、日々、交代で本圀寺に詰めていた。

「今日はまた一段と冷えますな」

若狭で足利家の足軽に取り立てられた「若狭衆」の宇野弥七《うのやしち》は、白い息を吐きつつ、光秀に声をかけた。弥七は、同じ若狭衆の山県源内《やまがたげんない》と共に、勇武の士として聞こえていた。

「はい、これでは雪が降るやもしれません」

光秀は、寺の廊下に腰を下ろして答えた。朝日は昇ったようだが、雲にすぐ隠される。

多くの警固の者が行き来しているが、二人には篝火《かがりび》の音しか聞こえない。寒いのか、篝火の方に寄っていく者もいた。暫くすると、篝火の音に、馬のいななきが交じるようになった。鎧の触れ合う音も聞こえてきた。

「これは！」

不審に思った弥七が階《きざはし》を身軽に駆け降りると、門の方から、目をむき出しにした山県源内が走り寄ってきて、

「敵襲でござる。皆々、敵襲でござるぞ」

大音声《だいおんじょう》で呼ばわる。

「何っ、敵襲？　誰じゃ、敵とは」

弥七が叫ぶと、

「三好三人衆、三好の軍勢じゃ」

源内は唾を飛ばして答える。

（また、三好か）

光秀は舌打ちしたが早いか、すぐに階を降り、門の方向に向かった。弥七と源内もその後に続く。門に向かう途中では、幾筋もの煙が立ち昇るのが見えた。門前の家々が敵兵に焼き払われているのだ。門に近付くと、敵兵が塀の上によじ登って、今にも寺内に入り込もうとしている。六条の仮御所に立て籠もる細川藤賢《ふじかた》・織田左近将監《さこんしょうげん》・野村越中守らの家臣が、敵兵に矢を放ったり、槍を突き立てたりして、押し返そうとしていたが、後から後から、敵の兵士はよじ登ってくる。

「それっ、奴らを蹴散らすのだ」

光秀が刀を抜き放ち、掛け声をかけると、

「おう！」

弥七や源内がそれに呼応する。弥七は、既に寺内に侵入していた雑兵を見つけると、素早く駆け寄り、刀を横薙《よこな》ぎにする。すると雑兵の首は、綺麗に胴体から離れた。それを見た源内も負けじとばかり、獲物を見つけると、刀を一閃《いっせん》させる。敵兵は体から血を噴き上げて、叫び声とともに倒れた。

（見事じゃ）

光秀も敵兵を袈裟《けさ》懸《が》けに斬った時に、二人の獅子《しし》奮迅《ふんじん》の働きが目に入り、心中で褒め称える。それでも、次から次に敵方は人数を繰り出してくる。弥七が、光秀のもとに走り寄ってきた。二十代の後半だけあって、その動きは、三十代の源内よりも俊敏《しゅんびん》だ。光秀と源内は、背中を合わせて、

「弥七殿、見よ。織田勢が弓を射ておる。よう当たっておるわ」

「はい、我らの腕も、とくと三好に見せつけてやりましょう」

「油断めさるな」

荒い息遣いのもと、語り合うと、敵兵めがけて再び斬り込んでいった。光秀が標的に定めたのは、自分より大柄の、甲冑を着た武将であった。雑兵ではない。その武将も光秀に気が

付いたのか、刀を構える。

（よし）

光秀が斬りかかろうとした瞬間、その武将は軽くうめき声をあげると、バタリと地上に倒れ伏した。武将の後ろから、姿を見せたのは、藤田伝吾であった。槍で一突きしたのである。

「伝吾か」

光秀が拍子抜けした声で名を呼ぶと、

「お先に御免」

頭を下げてから、槍を振り上げて、敵兵の渦のなかに姿を消した。その渦の中には、源内や弥七もいる。敵の雑兵どもが、槍を突きだし突き出し、源内たちを威嚇する。源内たちの迫力に押されて、へっぴり腰になっている敵兵もいる。しかし、勇猛果敢に槍を繰り出してくる敵兵も何人かいて、弥七らは、それらの者にも、刀を振るい、何人かを打ち倒す。ところが、敵兵はどんどんと現れて、弥七や源内を取り囲む。そして、槍を一斉に突き立てたのだから、さすがの勇猛の士も、鎧を貫かれて倒れるしかなかった。光秀も伝吾も、他の敵を相手にしており、彼らを助ける暇はなかった。織田の将士は盛んに矢を放ち、足利家の足軽衆は、槍や刀で寺内に侵入した敵兵を切り倒す。そうしているうちに、敵兵は後退、本圀寺の前から姿を消した。

伝吾は、

「敵が退いていきます。我らの力に恐れをなしたのでしょう」

血振りした後、刀を鞘《さや》に納めた。槍は既に折れていた。

「いや、敵は大軍であった。我らなど、容易《たや》く押しつぶせたはず。きっと、何かあったのだ」

殺気を放つ目のままで、光秀は呟く。三好勢は退いていった、それは確かに、光秀らが奮戦したこともあるが、三好勢の背後に細川藤孝や摂津国衆が現れたことが大きかった。背後を突かれることを恐れたのだ。細川勢と三好勢は桂川《かつらがわ》で決戦に及び、押しつ押されつの激戦を繰り広げた結果、三好勢は敗れ、退却する。いわゆる六条合戦《ろくじょうかっせん》は足利・織田の勝利に終わったのだ。

信長は変事を聞いて、六日、大雪のなか美濃を立つが、駆けに駆けて、三日かかるところを二日で本圀寺に入る。が、戦は終わった後であった。本圀寺の境内に入った信長を、光秀らは、片膝付いて出迎える。信長の供の者は、十人にも満たないものだった。

（このような少数で、駆け通してきたのか）

薄髭は生えているが、疲れを知らぬ信長の顔と、その豪胆さに圧倒される光秀。

「皆、よく六条の邸を守り通した。守備は上々じゃ。先ほど、義昭公にも拝謁《はいえつ》したが、ご健勝で何より。ただ、この信長、戦に間に合わなかったことが心残りじゃ。美濃を立つ際、馬を召したのだが、馬借《ばしゃく》の者どもが、過重の荷を馬に負わせることになると不平をこぼし、口論を始めての。余は馬から降りて、荷物を改め、同じ重さであることを確かめねばならなかった。また、途中、余りの寒さに人夫《にんぷ》が凍え死にしおった。大雪さへなければ、皆と共に戦えたであろう」

信長は唇を噛みしめて、悔しそうな顔をした。この場には、三好勢と桂川で刃を交えた細川藤孝や池田筑後守《いけだちくごのかみ》も参集していた。池田筑後守が一歩、前に出て言う。

「恐れながら申し上げます。我ら三好の大軍を小勢で敗走させました。郎党の者ども、大いに戦いましてございます」

筑後守の顔を真剣な面持ちで見つめていた信長は、

「小勢であるにも拘わらず、三好を打ち破ったこと、祝着《しゅうちゃく》である。皆の者に褒美《ほうび》をとらすぞ。この中には、足利家の足軽衆もおろうが、遠慮なく受け取るが良い。足利家の者、織田家の者といった隔《へだ》たりはあってはならぬ。ただ、一丸となって、将軍家のために尽くすのだ」

「はっ」

一同が頭を下げると、信長は、境内から出ようと、歩を進めたが、光秀の隣を通った時にピタリと止まり、腰を屈めると、

「明智十兵衛、御苦労であった。より一層、働いてもらうぞ」

と小声で言い、微笑する。光秀は、足利家の足軽衆であったが、思わず、

「かしこまって候《そうろう》」

頭を下げた。信長と出会ってから、その言動を見てきて、感服していた光秀。その想いの蓄積が、ついにほとばしったのであった。信長は頷くと、足早に去っていった。


本圀寺では、将軍の身をよく守れないと思った信長は、二条(現・京都市上京区)に御所を造営することにした。尾張・美濃・近江・伊勢ほか全てで十四ヶ国の在京衆が工事に駆り出されることになった。堀を広げる工事から始まり、石垣を築く作業、御殿の装飾、作庭《さくてい》、あらゆることが並行して進められた。細川家の邸にあった巨石を庭に据え置く時は、信長自ら指揮をとった。巨石は綾錦《あやにしき》で包まれ、花で飾りたてられていた。笛・太鼓の囃子《はやし》のもと、人足《じんそく》が大綱《おおづな》で大石を引っ張る。その光景は、賑やかな祭りのようであった。

人足にも色々なものがいる。中には、通行人の婦女子に対し、いたずらをする者もいた。深編笠《ふかあみがさ》を被っている女性に対し、

「さっ、お顔を見せてくだされよ」

腰を屈めて、笠を取ろうとする人足の男。女性は明らかに嫌がっていて、静かに首を振る。

「そう言わずに」

顔を見るまでは、ここを通さんと言う態度で、男は手を広げた。その男の行動は、全て信長の目に入っていた。信長は、音をたてず、獣のように走り寄ると、男の首を背後から刎《は》ねた。首は天高く飛び、血は地に滴《したた》り落ちる。女は余りのことに、腰を抜かしているが、信長は何事もなかったかのように、無言で、もといた場所へ戻っていった。


御所はあっという間に完成する。水堀や高い石垣をまじまじと眺めた義昭は、傍らの信長に、

「さながら城のようじゃ」

驚きの声をあげ、庭を見た時は、洛中洛外の名石・名木がズラリと並べられていることに声も出ないようであった。御所の一室に入った義昭は、信長にお酌をし、剣を授ける。信長

も竣工の祝儀として、太刀や馬を将軍に献上した。ちなみに信長は、朝廷の御所の修理にも乗り出すことになる。

これより前、三好勢を撃退した直後の一月十四日、信長は「殿中御掟九ヶ条《でんちゅうおんおきてきゅうかじょう》」を定めていた。これは幕府に仕える人々の勤務体制や、幕府の訴訟《そしょう》・裁判に関する掟である。

例えば、御部屋衆《おへやしゅう》や同朋衆《どうぼうしゅう》など下級の使用人は前例通りとする、公家衆《くげしゅう》・御供衆《おともしゅう》・申次《もうしつぎ》の者は、将軍の命があれば直ぐに伺候《しこう》すること、裁判を内々に将軍に訴えてはならない、訴訟は奉行衆《ぶぎょうしゅう》の手を経なければならない、訴訟規定は先例による、門跡や山門《さんもん》の者を濫《みだ》りに殿中《でんちゅう》に入れてはならないというものであった。これらは既に室町幕府で決められていたものであり、目新しいものではない。信長は、幕府を機能させるために、殿中御掟を定め、義昭もこれを承認したのだ。

光秀は、二条御所の周辺に邸を宛がわれたが、「より一層、働いてもらうぞ」との信長の言葉通り、忙しい日々が始まっていた。信長配下の奉行人・村井貞勝《むらいさだかつ》らと共に、京都支配の仕事を担当することになったのだ。朝廷や寺院の荘園《しょうえん》を押領《おうりょう》する丹波の国衆や幕臣《ばくしん》に、押領をやめさせるための、信長の意を奉じた命令書に署名したり、時には将軍義昭からの下知《げち》を執行したり、各方面から寄せられる意見や申し開きを義昭に取り次いだり……将軍家と織田家、双方に関わる務めが山積し、帰宅が遅くなることもしばしばだった。しかも、その合間には、連歌会《れんがえ》に参加しなければいけないこともある。もちろん、それは少しは気が休まるひとときではあったが、次の務めのことを考えると、そう落ち着いてばかりもいられない。妻の煕子は、光秀の過重な働き振りを案じ、

「病で倒れてしまっては、元も子もありません。少しばかりお休みを頂いては」

と、毎朝、出仕《しゅっし》する時に口にするのだが、

「案じるには及ばん。今が踏ん張りどころだ。私は今や信長様から禄《ろく》を頂いている。上洛の砌《みぎり》に、山城の下久世荘《しもくぜのしょう》も拝領した。務めは果たさねばならんし、かつての流浪の日々を思うてみよ。近年の暮らしは、極楽のようだ。信長様は私を塵芥の境遇から拾ってくだされた。感謝せねばいけないし、その御恩に報いねばならないのだよ」

光秀は優しくたしなめるのだった。ただ、煕子が生んだ十五郎《じゅうごろう》や珠《たま》など子女の顔を見る時が減るのは光秀も残念ではあったが。

騎馬で出立した光秀は、今日は山城国《やましろのくに》の賀茂郷《かもごう》(現・京都府南部)に向かう。供には伝吾を加えた。しかし、今日の旅は、明智家の者だけではない。

「おっ、これは明智様。おはようございます。今日のお役目は気が重いものですが、共に励

みましょうぞ」

光秀の家の前にやって来たのは、木下秀吉《ひでよし》。織田家の家臣であり、光秀と同じように、京都支配の役目を担っている。これまで、光秀は何度か秀吉と会っているし、同じ文書に署名するなど、共に仕事をしてきた。だが、共に出かけるのは初めてであった。光秀より十歳は年下であるが、既に秀吉の頭は禿げあがっている。その顔は獣に似ているが、馬や鹿ではなく、鼠《ねずみ》のようだ。

「御殿からは、よく、禿げ鼠と言われております」

笑って、光秀に語ったこともある。小柄であるが、頭の回転が速く、

「これは、こうした方が宜しいでしょうな。次は……」

というように、すぐに解決策を思いつき、次の仕事に移っていく。尾張国の出だが、少年期に遠江《とおとうみ》や美濃など諸国を放浪。針売りをしながら、歩いたこともあるという。そのせいか、身のこなしは軽やかで、引き締まった体をしている。冬の冷たい風が吹きつけているが、それを物ともせずに、胸を張って進んでいく。

「それにしても、賀茂郷の侍衆《さむらいしゅう》から出された請状《うけじょう》(誓約書《せいやくしょ》)を失くしてしまうとは、織田家の誰かは分からぬが、緩んでおりますな」

笑顔から一転して、厳しい顔付きとなり、秀吉は馬上で言った。

「毎年四百石を進上し、百名の兵士を出すという請状が、明智方に届いていないかとの問い合わせが来たのが、先日のことであった。私のもとには届いていないと、すぐに侍衆に知らせたのだが」

「その請状を受け取った織田家の者が、失くしてしもうたのじゃ。明智様のもとに届ける前に。しかし、それでは、賀茂の侍衆は納得しませせぬな」

「うむ、そこで今日は、侍衆と面と向かって、話し合おうと思う。木下殿にはご足労をかけるが」

「いや、何の何の。明智様とご一緒できて、この秀吉、幸せでございます」

秀吉は声高く笑ったが、その笑顔の裏には、光秀がこの事態をどう丸く収めるのか、とくと見届けようとの魂胆があるように思えた。

洛中の賑やかさはどこへやら、周りは山か林しか見えなくなった。林を抜けると、そこは盆地になっていた。

「長の邸を知らぬか、長の邸はどこじゃ」

秀吉は気さくに村人に訊ねて、すぐに侍衆の長の邸を見つけ出してしまった。邸の門前に

来ると、二人は馬から降り、

「織田家の臣・明智十兵衛光秀、請状の件で参上した」

「同じく、木下秀吉でござる」

と声をかけた。すると、中からまだ若い地侍《じざむらい》が現れて、

「入られよ」

ぶすっとした顔で、首を斜めに振った。その態度に、光秀も秀吉も瞬間、無愛想な顔になったが、悪いのはこちらであるので、すぐに表情を崩した。中に入ると、そこには侍衆と思われる者が、十人ほど、邸に勢ぞろいしていた。その人々の真ん中にいる白い顎髭《あごひげ》を生やした男が、侍衆の長であろう。光秀らは、その長の顔を見つつ、もう一度、名乗った。すると、長の隣にいた少し小太りの侍が、

「明智十兵衛殿、木下秀吉殿と申したな。織田家中からの使いというが、証拠はあるのか？」

疑わしい目で、光秀を睨んだ。

「そうじゃ、そうじゃ」

「おぬしら、本物か？」

「偽の使いじゃなかろうな」

幾人かの侍が怒声をあげるのを聞いた光秀は、泰然《たいぜん》として、懐から書状を取り出した。

「これは、我らに対し下された御下知の写しじゃ。とくとご覧あれ」

光秀は足利義昭の下知状を広げて見せたので、長が近寄って凝視する。

「どうやら、あなた方は、本物の使いのようじゃ」

長が呟いたので、光秀は内心、息をついた。しかし、まだ仕事は終わっていない。

「織田家中の者が、我らが出した請状を失くされた、どうしてくれるのじゃ」

少し離れたところにいて、じっと座っていた年配の侍が口を開いた。

「そのことでございますが」

光秀は一息に言ってから、少し間をあけて言葉を続ける。

「大事な請状を失くしたこと、お詫び申し上げる。その請状を何者かが所持していて、賀茂郷に拠出を要求してきたならば一大事。よってその場合は、請状は無効になります。また、義昭公からの下知状の写しは、賀茂郷の皆様に渡すので、どうか、我々を信用して頂きたい」

身を乗り出して頭を下げた。秀吉も頭を下げている。その様子を見た長は、

「よろしかろう」

ひと言いうと、奥の部屋に消えていった。二人が頭をあげた時は、座の雰囲気は幾分かは和《やわ》らいでいた。謝罪の仕事が終わると、光秀と秀吉は急ぎ洛中に帰って行った。また、次の仕事が待っているのである。


永禄十三年(一五七〇)正月中旬、光秀は日乗上人《にちじょうしょうにん》と共に、岐阜の信長に呼び出された。日乗は朝山《あさやま》日乗といい、日蓮宗の僧であるが、内裏修繕奉行《だいりしゅうぜんぶぎょう》を務め、信長と朝廷との間の周旋《しゅうせん》にあたることもあった。

岐阜城の大広間に控える光秀と日乗。そこに、信長が小姓《こしょう》を従えて現れて、上段の間にどっかと座る。座るとすぐに、

「日乗、十兵衛、大儀《たいぎ》じゃ。その方らを呼んだのは、他でもない。義昭公の挙動じゃ。他の者から聞いたが、そなたたちにも聞いておきたい。まず、日乗。義昭公は、参内はしておられるか」

と言い、日乗の方を向いた。日乗は坊主頭を下げてから、

「申し上げにくいことではございますが、公方様《くぼう》、宮中《きゅうちゅう》に参上すること、ほとんどありませ

ぬ」

恐縮して言上《ごんじょう》する。信長は「やはり」という顔をした後に、今度は光秀の方を向き、

「義昭公は、家臣に恩賞を与える時、相変わらず、寺社本所領《じしゃほんじょりょう》(寺社領・公家領)を与えておるのか」

と問うた。

「左様《さよう》でございます」

光秀がすぐさま答えると、

「寺社本所領を宛がうこと、大きな混乱をもたらしておる。これからは、そうしたこと、あってはならん。余が混乱を収めようではないか」

信長は立ち上がり、懐から書状を取り出すと、光秀らの前に広げた。

「どうじゃ」

得意気な顔で信長は、二人の顔を交互に見る。光秀と日乗が書状を眺めると、そこには次のようなことが記されてあった。

一、義昭が諸国へ御内書《ごないしょ》(将軍が発給する私的な書状)を出すことがあれば、信長に通

達し、信長の書状を添えること。
一、これまでの義昭の御下知は、全て破棄する。その上で考えて決めること。
一、幕府に対して忠節を尽くした人間に恩賞を与えたくても、その所領がなければ、信長の分領であっても良いので、義昭の判断で与えてよい。
一、天下のことは、信長に任せ置かれたのであるから、誰が相手であっても、義昭の判断を待つことなく、信長の分別で成敗《せいばい》を行う。
一、天下が静謐《せいひつ》であるからには、朝廷のことについては怠りなく対処すること。

そして信長の朱印が押され、日付は「正月廿三日《にじゅうさんにち》」、宛名は「日乗上人、明智十兵衛尉殿」となっていた。光秀は書状を一読し、

「妙案と思います」

と言うと、日乗も頷いた。

「その方たち、どちらでも良いが、この書状、義昭公の御目に入れてほしい。これで、乱れが収まれば、義昭公も喜ばれるであろう。しかし、義昭公には、もう少し、将軍としての務めを果たしてほしいものだ」

信長は目を閉じて、嘆息する。光秀と日乗は暫く岐阜に滞在していたが、日乗の方が先に京に戻り、この書状を義昭に提示した。その時の義昭の気持ちは伝わっていないが、書状には義昭の黒印が押されていることから、渋々ながらも、顔をしかめつつも、了承したのではないか。書状を見ての通り、義昭に不利なことばかりではないからだ。だが、信長と義昭の溝は徐々にではあるが深まっているように光秀には思えた。

永禄十三年は、四月二十三日に、元亀《げんき》元年に改元《かいげん》された。この数日前、信長は、反織田の姿勢を示していた越前の朝倉氏を攻めるため、出陣する。光秀や秀吉も従軍したが、信長が先ず狙ったのは、手筒山《てづつやま》城(現・敦賀市)であった。城の東南には高い山々が聳《そび》えており、そう簡単には攻め落とせないと光秀は読んでいたが、

「一気に攻め落とせ、力攻めにするのだ」

信長の号令一下で、織田方の軍勢は、歓声をあげて城に攻め入り、敵兵を斬りに斬って、敵の首を千三百七十もあげた。城は落ちた。金ケ崎《かながさき》城(現・敦賀市)には朝倉中務大輔景恒《なかつかさだいふかげつね》が立て籠もっていたが、すぐにここも攻められて、敵方は降伏、城兵は去った。引田《ひきた》城(現・敦賀市)の敵兵も撤退。いよいよ、織田軍は朝倉氏の本拠・一乗谷を攻めんとする。

本陣には篝火がたかれ、そこでは、信長や光秀、秀吉、池田勝正《かつまさ》らが酒を飲みつつ、談笑していた。

「一乗谷は最早落ちたも同然ですな」

秀吉が、信長の顔を上目遣いで見つつ、膝を打つ。

「禿げ鼠、油断はならんぞ。本城とあらば、敵は死に物狂いで向かってくるものぞ」

信長は笑顔ではあったが、口調強く、秀吉を戒《いまし》める。

「承知」

恭《うやうや》しく、秀吉が頭を下げると、光秀の方を向き、

「そう言えば、十兵衛様は、かつて一乗谷におられたこともあるそうな。朝倉と縁があったかは存ぜぬが、やはり、悲しゅうございますか」

真剣な面持ちとなって言った。光秀が、

「朝倉に仕えたことはありませぬ。弱き者は亡びる。ただ、それだけでございます」

素早く反論すると、信長が、

「よう言うた。さすがは十兵衛じゃ」

上機嫌で盃に唇を付ける。そこに、一人の雑兵が顔面蒼白になって、駆け込んできた。只

事ではないと察した信長は、雑兵が膝を付いて言上する前に、

「何事か！」

ガラリと表情を変えて怒鳴った。

「申し上げます。江北《こほく》の浅井備前守《あざいびぜんのかみ》(長政《ながまさ》)、背《そむ》きましてございます」

雑兵が息も絶え絶えに言うと、本陣にいる者、全てが床几から立ち上がった。

「何じゃと」

信長は、呻くように声を出すと、動揺したのか、頭を左右に振る。そのような信長を見たのは、光秀は初めてであった。

「浅井備前守は、殿様の縁者ではないか。殿の妹御《いもうとご》のお市《いち》様が嫁いでおられる。裏切るはずは……」

秀吉も珍しく、慌てている。光秀も、

「もし真《まこと》なら、我ら、挟み撃ちになります」

動揺を隠せず、腰を浮かす。皆の視線が信長に集まる。信長は目を宙に浮かせていたが、

「虚説《きょせつ》じゃ、嘘に違いない」

力が抜けた調子で言った。だが、次々に使いの者がやって来て、

「浅井備前守、背きましてございます」

同じ情報を寄せるものだから、信長は観念し、

「是非《ぜひ》もなし」

と力を込めて言うと、

「秀吉は金ヶ崎城に残れ。殿《しんがり》を務めるのじゃ」

素早く命令し、本陣を出ていった。

「木下殿、後を頼む」

光秀は、秀吉の肩に手を当て、すぐに信長の後を追う。危機を知った後の信長の動きは速かった。朽木越《くつきごえ》で琵琶湖西岸を通り、京の都に命からがら駆け入った。信長の命で、光秀は丹羽長秀《ながひで》と若狭に向かい、若狭武田《たけだ》氏の家臣・武藤友益《むとうともます》の母を人質にとった。そして、武藤氏の砦《とりで》を破却すると、近江の高島を通り、京に戻る。武藤氏は朝倉方に属していたので、信長はいち早く光秀らを送り込んで、機先《きせん》を制したのだ。秀吉も、撤退戦を無事に終え、京に帰り着いた。信長は、志賀《しが》・宇佐山《うさやま》・永原《ながはら》・安土《あづち》などに諸将を置いて、浅井・朝倉の襲撃に備える。

第三章

戦陣

元亀元年五月十九日、信長は京を出て、岐阜に帰城しようとした。その途上、千草越《ちくさごえ》において、何者かに銃撃されるが、弾は信長の身体をかすっただけで、深い傷を負うことはなかった。銃撃した者への怒りと、負傷しなかった事への自負で、複雑な表情をしている信長の顔が、光秀には目に浮かぶようであった。上洛戦で織田軍に追われた六角承禎父子が、近江南部で一揆を起こすなど不穏な動きをしていたので、六角の手の者による犯行であろうと光秀は睨んでいた。

浅井長政は、越前衆を近江に呼び込んで、長比《たけくらべ》・刈安《かりやす》の砦に入れていたが、信長も負けじと調略をもって、近江方の豪族を寝返らせたので、両砦の敵兵は慌てて退却してしまう。信長は、浅井の本拠・小谷《おだに》城に迫り、諸将に命じて、町を焼き払った。そのうち、浅井の救援に駆けつけた朝倉の軍勢八千が、小谷城の東方にある大依山《おおよりやま》に陣取る。浅井長政の兵が五千程度なので、敵は一万三千。一方、織田方には、徳川家康《とくがわいえやす》が三河衆《みかわしゅう》を引き連れて、援軍として来ていた。織田・徳川軍も一万三千。

六月二十七日の明け方、信長は陣払いをしたところ、翌日未明、敵軍は進出。姉川を前にして、軍勢を二手に分ける。それを見た織田・徳川軍はとって返し、早朝、姉川にて両軍はぶつかる。

この時、光秀は、自ら刀を持って敵兵を斬るのではなく、後方で家臣を指揮していた。藤田伝吾・斎藤利三《さいとうとしみつ》・三宅弥平次《みやけやへいじ》・溝尾茂朝《みぞおしげとも》といった家臣たちは、手柄をたてようと、勇んで、突撃していく。黒煙があがり、そこかしこで、叫び声と鎬《しのぎ》を削る音が聞こえてくる。味方が勝つか、敵が勝つか……光秀は緊張した面持《おもも》ちで、戦場を見つめていた。闘いは互角であったが、徳川軍が側面から敵を突いたところから、戦況は変わり、浅井・朝倉軍は敗走、味方は千人以上を討ち取るという戦果をあげる。

「殿、首二つ、とりましたぞ」

「儂は三つじゃ」

伝吾や利三が意気揚々と帰陣したのを見届けた光秀は、

「天晴《あっぱ》れな働き。いや、見事、見事」

と称賛し、家臣を労《ねぎら》った。

信長は、要害の小谷城を一気に攻め落とすのは困難と判断。降伏した横山城に秀吉を入れて、一度、京都に帰った。しかし、反信長勢力の攻勢は収まらず、七月下旬には、阿波《あわ》に逃れていた三好三人衆が、斎藤龍興らと共に摂津に来襲、大坂本願寺《ほんがんじ》に近い野田城・福島城に陣を敷いた。信長はこれに対抗すべく、出陣。調略と戦いを繰り広げる。ところが、大坂本願寺の顕如《けんにょ》が突如、信長に対して挙兵、浅井・朝倉と手を結ぶことになる。三好三人衆の次は、本願寺が信長の標的になると見越したのであろう。

浅井・朝倉軍は、軍勢を南下させ、坂本《さかもと》(現・大津市)に迫り、宇佐山《うさやま》城を攻撃。九月下旬、同城に籠る森可成《もりよしなり》は討ち死にする。その後、浅井らの軍勢は、醍醐《だいご》・山科《やましな》方面にまで出張《でば》ってくる。十一月には、伊勢長島《いせながしま》で一向一揆《いっこういっき》が蜂起し、信長の弟・信興《のぶおき》を攻め、これを自害に追い込む。信長は、摂津の三好三人衆、近江の浅井・朝倉軍に挟み撃ちされる事態となった。近江各地で、戦いが展開されるが、決着を見ずに、冬を迎えようとしていた。長期戦を乗り切ることができないと悟った三好の家臣や六角氏は、織田との和睦に応じた。浅井・朝倉も和睦に応じたが、信長に敵対していた比叡山延暦寺《ひえいざんえんりやくじ》は容易に和睦に応じようとしなかった。

だが、正親町《おおぎまち》天皇が「比叡山領を安堵《あんど》する」との綸旨《りんじ》を下すと、比叡山もやっと織田との和解に応じた。

その間、光秀は近江に出陣したり、京に帰ったりしていたが、年末になって、宇佐山城を守備することを命じられる。森可成が討ち死にした城であったが、光秀は初めて城持ちとなったのである。比叡山の麓《ふもと》にある宇佐山城は、湖西《こさい》における交通の要衝《ようしょう》として、重要な城であった。これまでの光秀の功績が認められたと共に、信長が光秀を高く評価していたことが分かる。

元亀二年（一五七一）二月、近江の佐和山《さわやま》城を守備していた磯野丹波守員昌《いそのたんばのかみかずまさ》が織田方に寝返ったことにより、対立は再燃する。比叡山延暦寺もまた信長に対抗せんとしていた。五月から八月にかけて、信長は津島・江北など各所を転戦、一向一揆勢と干戈《かんか》を交えた。そして、九月十二日、叡山攻めに取り掛かったのである。

光秀は、信長の叡山に対する怒りを目の当たりにしたことがある。正月一日、織田家の家臣たちが岐阜城に登城し、お祝いの言葉を申し述べた時、信長は、

「目出たいものか。去年は、叡山には痛い目にあわされたわ。浅井・朝倉に肩入れせぬようにとあれほど伝えたにも拘わらず、それを一顧《いっこ》だにせぬとは。その時、余は叡山にこう伝えていた。中立を保たぬ時は、根本中堂《こんぽんちゅうどう》・山王二十一社《さんのうにじゅういっしゃ》はじめ堂塔悉く《どうとうことごと》焼き払うとな。叡山は

王城《おうじょう》の鎮守《ちんじゅ》でありながら、僧共は日頃の行儀も、修行の作法も顧みず、淫乱を好み、金銀の欲に耽《ふけ》っておると聞く。その上、浅井・朝倉に加担して、勝手な振る舞いに及んだ。これは棄てておけん。いつか、この鬱憤《うっぷん》は晴らしてみせる」

目をギラギラさせて、怒りの炎をたぎらせていた。それを側近く見た光秀は、叡山攻めも時間の問題と、用意周到に準備をしてきた。その一つが、湖西の土豪たちを、織田方に引き付けておくことであった。和田氏、八木《やぎ》氏といった土豪に書状を出し、その中で「延暦寺に味方する連中は、必ず皆殺しにする」との決意を示してもいた。

光秀にも信仰心はあった。愛宕《あたご》神社の中にある勝軍地蔵《しょうぐんじぞう》は、軍神として信仰を集めてきたが、光秀もまた深く愛宕権現《ごんげん》を尊崇《そんすう》していた。信長とても信仰心はあった。寺社に対しては、保護の姿勢で臨んできた。自らに歯向かわない限りは……。

叡山攻めの日、光秀は、山下の里坊《さとぼう》から、じわじわと延暦寺北東の仰木谷《おおぎだに》に進軍する。山下には多くの老若男女がいたが、人々は右往左往して、逃げまどい、皆、裸足で山の方に逃げたり、社内に逃げ込んだりした。明智軍は、鬨《とき》の声を上げながら、それらを追う。山の至るところから、兵の鬨の声が聞こえてくる。光秀は、刀を抜いて、自軍を激励した。

「皆、手柄をあげよ。僧俗《そうぞく》・児童《じどう》・学僧《がくそう》・上人《しょうにん》、全て捕らえて首を刎ねるのじゃ。信長様にお目にかけん」

「おっー！」

兵の声と、老若男女の悲鳴が辺りに木霊《こだま》し、地獄絵図さながらの光景が現出する。僧ではない女子供らは、捕らえられて、信長の御前に引き据《す》えられた。

「悪僧は首を刎ねられても仕方ありません。しかし、私共は関係ないものです。どうか、どうか、お助けください」

それらの人々は、土下座して、手を合わせて、信長に命乞いする。信長は、チラリとその者共を見ると、

「斬れ」

短く呟いた。人々の泣き叫ぶ声が充満するなか、一人一人、順番に首を斬られていく。ジタバタと手足をばたつかせ、足掻《あが》く者も大勢いたが、抑えつけられて、容赦なく首を斬られた。首のない死体が、あちらこちらに、うち棄てられていく。信長はその様子を満足そうに、じっと見ているのだった。その頃、光秀の刀もまた、多くの人の血で染まっていた。叡山で亡くなった者は、三千とも四千とも言われている。

叡山攻めの恩賞《おんしょう》はすぐに与えられた。佐久間信盛《さくまのぶもり》には野洲郡《やすぐん》、粟田郡《あわたぐん》が、光秀には志賀郡《しがぐん》（現・大津市）が信長から与えられる。更に、光秀には京都にあった延暦寺関係者の所領も与えられた、これは破格の恩賞であった。光秀は、山門（比叡山延暦寺）の末寺《まつじ》が持つ所領を次々に押領していった。その事は、それら寺院の不満を招く。光秀の強引な所領獲得の動きは、将軍義昭にも達し、光秀は、二条御所に呼び出された。久しぶりの対面であった。

「久方ぶりじゃの、十兵衛。姿を見せぬので、どうしているのかと思うていたぞ。そなた、足利家に仕える者として恥ずかしくないのか」

義昭は、扇《おうぎ》を突きだして、いきなり光秀を責めたてた。

「恐れ入り奉《たてまつ》ります」

頭を畳につけんばかりに平伏する光秀。その様を見て、義昭は一段と厳しい口調で、

「そなた、青蓮院《しょうれんいん》・妙法院《みょうほういん》・曼殊院領《まんしゅいんりょう》を押領しているそうじゃな。訴えがあがってきておるぞ」

「恐れ入り奉ります。それらの寺領、山門末寺にございます。京の山門領、殿様（信長）より拝領しておりますので、それがしのものにございますれば……」

光秀が平伏したまま答えると、

「黙れ、十兵衛。たとえ、そうだとしても、そなたのやり方は強引だと言っておるのだ。有無を言わせず、押領しておると」

　立ち上がって、光秀を義昭は詰《なじ》る。

「お怒り、恐縮にござります。公方様の不興《ふきょう》を買うなど、あってはならぬこと。十兵衛、足利家をお暇《いとま》致したく存じます」

　一度も義昭の顔を見ずに、光秀はサラリと言ってのけた。まさか、光秀が暇も申し出るとは思ってもみなかった義昭は、面食らった顔になったが、すぐに、

「暇じゃと。それは余が決めること。覚悟しておけ」

と言うと、畳を踏み鳴らして、退出していった。それを側で見ていた将軍側近の曾我助乗《そがすけのり》は、

「十兵衛殿、色々、思うところはあろうが、暇などと。早まってはなりませんぞ」

　気の毒そうな顔をして、光秀に告げた。光秀は、

「お声がけ、御礼申し上げます。それがし、公方様の不興をかって行く末覚束《おぼつか》ない身。将軍家中から追われたら、出家致しますと、公方様にお取り次ぎください」

　一礼して、室からさがった。光秀は恐縮して見せたが、山門領を手放す気は毛頭なかった。

ただ、これからも、公方が文句を言ってきたらうるさいと思っているだけである。

一応、助乗に山門末寺の所領からあがる地代でも渡して、取り成しを依頼するつもりであるが、それで駄目なら放っておくだけである。光秀は、比叡山麓の坂本に城を築こうとしていた。余計なことに手間はとられたくない。

それに義昭は、本願寺や浅井・朝倉、甲斐《かい》の武田、越後の上杉に御内書を送り、反信長包囲網を築こうとしていた。義昭に付いていては、危ういとも光秀は感じていた。信長に付くのが得か、義昭に付くのが得か、そんなことは疾《とう》の昔に光秀はよく分かっていたのである。

元亀三年(一五七二)に入っても、織田軍は浅井・朝倉勢との小競り合いを続けていた。三月には、松永久秀が三好方と組んで、信長に叛旗《はんき》を翻《ひるがえ》し、十月には武田信玄《しんげん》が西上《せいじょう》作戦を開始した。そして、十二月には、織田・徳川連合軍を、遠江の三方ヶ原《みかたがはら》で撃破するのである。

その同じ十二月に、信長は義昭に対して、十七ヶ条の意見書を送りつける。かつて、信長が義昭の行いを窘《たしな》めたことがあったが、全く改善しないので、信長は諫言《かんげん》のつもりで、再び意見書を提出したのだ。腐っても将軍である、擁立する利点はあると信長は考えていた。何とか、義昭に態度を改めてもらいたい、そうした想いで、義昭に送付したのだが。義昭は、二条御所で、手を震わせながら、意見書を黙読する。

（参内は年々、怠りないようにとご入洛の時から申し上げておりましたが、早くもお忘れになって、近年、ご参内を怠けておられるのは、恐れ多いことでございます。諸国へ御内書を出され、馬やその他の者を所望《しょもう》されているとか、人が聞いたらどのように思われるでしょうか。御内書を出す時は、信長に仰って頂くように申し上げていましたが、約束は果たされておりません。新参者にご扶持《ふち》を余分にお与えになるとのこと、これでは忠義《ちゅうぎ》と不忠《ふちゅう》の見分けが付かず、世間の評判もよくありません。信長と将軍家が不仲《ふなか》であると、噂が流れております。将軍家の御宝物《ごほうもつ》を余所《よそ》に移されたようで、そのことも世間が驚いております。将軍家のお住まいは、この信長が苦労して仕上げたもの、宝物を余所にお運びになり、どこに移ろうというのでしょうか。信長に忠勤を励《はげ》んでいる者、女房衆に至るまでにも辛くあたられているとのこと、迷惑に存じます。

元亀の年号が不吉であるので、改元した方が良いとの世間の噂がありましたので、改元を申し上げたのです。宮中からも催促があったようですが、少しの費用を出し惜しみされて、延び延びとなっているのは宜しくありません。明智光秀が地子銭《じしせん》（宅地税）を集めて、買い物の代金に預け置いたところ、そこは山門領であるとして、預けて置いたものを差し押さえられたのはなぜなのか、伺いたく思います。欲深《よくぶか》な御心を持たれて、道理にも外聞《がいぶん》にも耳をお貸しにならないとの評判がございます。それゆえ、土民百姓にいたるまで、上様《うえさま》を悪御所《あくごしょ》と呼んでいるのです。人がなぜこのような陰口を言うのか、よくよくお考えになるべきでしょう）

頭に血がのぼっているので、飛ばし飛ばしではあるが、何とか読み終えた義昭は、フンと鼻を鳴らして、意見書を放り投げた。そして、側近の者と何やらヒソヒソと密談するのであった。

そして元亀四年（一五七三）二月、将軍義昭は、信長に「謀叛《むほん》」を起こす。浅井・朝倉や本願寺が味方してくれるので勝てるとふんだのだろう。それまで、光秀の与力《よりき》だった洛北《らくほく》の土豪・山本対馬守《やまもとつしまのかみ》、渡辺宮内少輔《わたなべくないしょうゆう》、磯谷久次《いそがいひさつぐ》も、将軍家に加勢し、今堅田《いまかただ》（現・大津市）の城に入った。彼らによって、石山に砦が築かれていたが、これは光秀や柴田勝家《しばたかついえ》・丹羽長秀はじめとする織田の武将が、二月二十四日から攻めて、二日で落とした。

今堅田の城は、二十九日に攻撃が開始されたが、湖水に囲まれた要害《ようがい》であったので、苦戦しそうであった。丹羽長秀らは地上から、光秀は囲い船で湖上から攻撃を加えることになった。

攻撃は辰《たつ》の刻《こく》(午前八時頃)から開始される。光秀率いる囲い船が、城に近付くと、盛んに矢が飛んでくる。その矢に当たり、あっという間に、何人かの兵士が倒れ込んだ。

「さがるのじゃ」

船をいったん下がらせた光秀は、少し休息してから、再び進めの合図をする。今度はこちらからも、矢を射かけさせた。敵方も何人か負傷しているが、それでも、また別の者が矢を放ってきて、味方がその餌食となっている。進んでは退き、退いては進むをしているうちに、日が暮れてきた。その間に、陸上からの攻撃が進んだようで、そちらに敵方は兵力を割かれているようだ。

「今度こそ、城内に攻め入るのだ」

光秀が気合いを入れると、兵たちもまだ気力十分で、おうっと応える。矢の撃ちあいは相変わらず続いたが、以前よりも明らかに敵の攻撃は弱まっている。味方の兵たちが、城の塀に昇り始めた。それを槍や刀で突き刺す敵兵。負けてなるものかと、明智軍の兵士たちは、喊声《かんせい》をあげて、敵兵に飛び掛かっていった。ついに城内に突入した。午《うま》の刻(午後零時頃)のことである。その後も、刀と刀がぶつかり合う音が聞こえたが、朝になるまでには、消えていた。城は落ちたのだ。

「殿、斎藤与左衛門《さいとうよざえもん》、討ち死にでございます」

「藤田伝七《ふじたでんしち》、同じく討ち死に」

斎藤利三と藤田伝吾が、親族の討ち死にを、光秀に知らせてきた。

「そうか、そなたたちの一族の者、討ち死にしたか。私にとっても、これは痛恨の極みじゃ。討ち死にせし者、篤《あつ》く弔《とむら》ってやらねばならん」

光秀は、天を仰いで、涙ぐんだ。この戦においては、明智家では十八名が討ち死にしていた。

「殿、有難き仰せにござります」

利三はじめ、一族を亡くした者は、光秀の周りでおいおい泣いた。

信長は、義昭に和睦を申し込んでいたが、義昭はこれを拒否。そこで信長は、四月二日、三日とに洛中洛外に火を放ち、再度、義昭に和睦を迫った。織田軍は、二条御所を包囲する。和睦は、朝廷(正親町天皇)の周旋もあり、四月七日に成立、信長は、それを見届けて岐阜に帰った。義昭身辺の情報は、光秀の旧主である細川藤孝を通して、信長の耳に入っていた。

つまり、藤孝も既に義昭を見限っていたのである。義昭が頼みにしていた武田信玄も、四月十二日に病死、上杉謙信《けんしん》も越後という遠隔地にあって、義昭のもとに馳《は》せ参《さん》じるのは難しかった。

五月二十四日、光秀は、今堅田の戦いで討ち死にせし、家臣十八人を弔うため、菩提寺《ばだいじ》の西教寺《さいきょうじ》に、戦死者一人につき「一斗二升《いっとにしょう》」の米を寄進《きしん》する。光秀は、西教寺に宛てて、寄進状を書いている。「千秋形部　二月廿十九日　壱斗弐升、井上勝介　二月廿十九日　壱斗弐升、堀部市介　三月朔日　壱斗弐升　斎藤与左衛門　二月二十九日　壱斗弐升、藤田伝七二月廿九日　壱斗弐升……以上十八人」――記している途中で、光秀は、筆を置き、そっと目を閉じて、死んでいった者たちの霊を慰めるのであった。

将軍義昭は、七月三日、信長に対し、再び叛旗を翻す。槇島《まきしま》城(現・京都府宇治市)に入った義昭は、

「この城は、堅城と聞く。ここで踏みとどまれば、そのうち、諸大名も余のもとに馳せ参じるであろう」

慣れない甲冑姿で傍らに控える城主・真木島昭光《まきしまあきみつ》に自信満々に言い放つ。信長の動きは速

かった。六日には槙島城を軍勢に包囲させ、自らは、近江国の大工に作らせた長さ三十間《けん》（五十四メートル）の大船に乗り、悠々と先ずは坂本に至った。光秀は、信長を岸辺に出迎える。信長は光秀の顔を見るなり、

「十兵衛、大儀。公方がまた謀叛しおったぞ」

忌々《いまいま》し気《げ》に言った。光秀は、

「由々《ゆゆ》しきことにございます」

膝を付いて頭を下げた。

「何の、ひと揉みに、踏みつぶしてくれるわ。公方に仕えていたそなたからすれば、心苦しいであろうが」

試すように、信長は光秀の目を見た。

「いえ、それがしは、とうに公方様から見放されております。それがしは、殿様（信長）の家臣にございまする。公方様がどうなっても、それは自業自得」

光秀は顔を上げて、信長の目を見る。信長は軽く頷くと、風が吹くなかを、先頭きって歩を進めた。その日は坂本に泊まった信長は、九日には京の妙覚寺《みょうかくじ》に入る。光秀もそれにお供する。

織田の大軍が二条御所を囲むと、守備していた幕臣の三淵藤英・秋豪《あきひで》父子はあっという間に降伏。二条御所は、取り壊される。十六日には、槇島城も織田軍に包囲された。急流の宇治川《うじがわ》を越えるのには難儀した。しかし、怯む家臣を信長は許さず、

「渡河の引き延ばしはならん。延ばすならば、この信長自ら先陣をする」

と叱りとばしたので、水が溢れ、逆巻き流れる大河を、柴田勝家・丹羽長秀・明智光秀・羽柴秀吉らの将兵は、先を争って、渡りきった。しばし休息のあと、槇島城から出てきた足軽を見つけたので、散々に打ち破り、五十の首をとる。

その後、城の外壁を破り、火をかけたので、最早これまでと見た義昭は、降伏した。城から出てきた義昭は、くたびれ果てて、鎧までもが萎《しお》れた感があった。かつて、輿車《よしゃ》に乗って、堂々と洛中を練ったのは昔のこと、今や裸足で、トボトボと、信長の陣へ歩いていくのだった。

信長の前では、虚勢をはっているのか、義昭は背筋を伸ばし、将軍然とした振る舞いをしていたが、内心の恐れは明らかで、信長が何か言う度に、びくりと震えていた。光秀は、若干、感傷に誘われたが、

（これも自業自得）

と、その感傷を抑え込むのだった。義昭は、信長本陣において、光秀の顔を一度も見なかった。結局、義昭は追放処分となり、羽柴秀吉が、河内国若江《かわちのくにわかえ》まで、義昭を送り届けた。京の都から、再び将軍が消えた。七月二十八日、元号は元亀から天正《てんしょう》へと変わる。

元号が変わる二日前に、信長は京を立ち、近江の浅井氏、越前の朝倉氏の討伐《とうばつ》に向かった。信長は、大船で、近江の高島へ、ここは越前から南下する朝倉と、江北の浅井が合流する場所であったので、そこを押さえようとしたのだ。陸からも軍勢を差し向けた信長は、木戸《きど》・田中城を攻めようとするが、敵は早や降伏して、城から去った。両城は、光秀に与えられることになる。

八月になると、浅井方の阿閉淡路守《あつじあわじのかみ》、浅見対馬守《あさみつしまのかみ》が織田に寝返った。越前の朝倉義景は、浅井を後援するため、二万の兵を率いて、余呉《よご》・木本《きのもと》(現・長浜市)に陣を布く。八月十二日、信長は朝倉軍を攻撃するため、夜、しかも風雨の中を、先頭きって、馬で駆けていた。鎧からは頻《しき》りに雨水が、飛び散る。従うは、馬廻りの者のみ。

「それ、大嶽《おおずく》はもうすぐぞ」

信長は、太山《たいさん》・大嶽の砦に籠る朝倉の守備隊を一気に攻めるつもりであったが、あっけな

く彼らは降伏。拍子抜けした信長であったが、素早く、知恵をめぐらせて、

「大嶽が落ちたこと、まだ朝倉左京大夫《さきょうのだいふ》(義景)は知らんであろう。そこで降った者共の命を助け、敵陣に送り込むのだ。この辺り一体を守ること、難しくなったことを左京大夫に思い知らせるのじゃ。そのうえで、一気に左京大夫の陣に攻め込む」

供の者に命じる。殺されると思っていた敵兵は、味方の陣に帰って良いと聞かされて、安堵の表情を浮かべ、去っていった。柴田勝家・佐久間信盛・丹羽長秀・羽柴秀吉、そして明智光秀ら諸将を前にして信長は、

「左京大夫は、今夜のうちに退くであろう。そこを突くのだ。よいか、この好機、逃さずに、覚悟してかかるのだ」

と、珍しく噛んで含めるように、本陣で繰り返した。十三日の夜半、光秀は寝ずに起きていたが、そこに、伝吾がやって来て、

「申し上げます。信長様、早やご出陣にございます」

慌てた様子で告げた。

「何っ」

光秀が幔幕《まんまく》から出てみると、信長出陣を今知った将兵らが、右往左往して、撃って出る用

意をしている。

「我らも、急ぐのじゃ」

光秀はすぐに馬に飛び乗り、駆けだそうとする。それを伝吾が追う。後で松明《たいまつ》を持った兵が慌てて、駆けつける。地蔵山《じぞうさん》を越したところで、諸将は信長に追いついた。

「あれほど、言い含めたにも拘わらず、様子を窺い躊躇《ためら》っているとは。汝らの失態、許しがたい」

信長は、馬鞭《ばべん》を何度も地面に押し付けて、諸将を睨み回した。

「申し訳ございません」

「面目《めんもく》ございません」

柴田勝家や羽柴秀吉そして光秀らが、頭を下げるなか、陣中に一人、涙を流している武将がいた。織田家筆頭家老の佐久間信盛である。

「右衛門尉《うえもんのじょう》(信盛)、何を泣くか」

信長は鞭《むち》を突きつけ、鋭く問うと、

「殿はそのように仰せですが、我々ほどの優れた家来をお持ちになることは、めったにあるものではございません」

髭にまで涙を垂らしながら、信盛は抗弁する。信長は、鞭を思いきり地上に叩きつけると、

「その方、男として才知《さいち》の優れていることを自慢しておるのか。何をもってそう言うのか。片腹痛《かたはらいた》い言いようじゃ」

信盛をきっと睨みつけた。信盛は返答に詰まったのか、それ以上は何も言わず、信長もまた時間の無駄だと思ったのか、

「直《ただ》ちに、朝倉に追い打ちをかける」

と言うと、馬に飛び乗った。今度ばかりは、諸将も抜かりなく、素早く信長の後に続く。

朝倉義景は、敦賀に退こうとしているようだが、屈強の者は恐れずに、織田の軍勢に襲いかかってくる。そうした者共を次々に討っていき、織田軍が敦賀に辿りついた時には、その首は三千にも達していた。朝倉の城は瞬く間に落ちていく。朝倉義景は、居城の一乗谷を引き上げて、大野郡山田荘《おおのぐんやまだしょう》に向かう。

「落ち武者《おむしゃ》は残らず探し出せ」

信長の厳命によって、毎日百人から二百人の武者が、信長の陣に連行された。その度に信長は、

「斬れ」

叡山攻めの時と同じように、短く告げると、満足そうに独り頷くのであった。自分を苦しめた敵を完膚《かんぷ》なきまでに叩き潰す、その喜びに浸っているようだった。朝倉義景が一族に攻められて切腹したとの報が入ってきた。その報を得た信長は、

「左京大夫の身内の者も捕らえよ。捕らえてすぐに斬れ」

すぐさま命じ、その通り実行された。光秀が若き頃に過ごした一乗谷も炎に包まれた。

信長の姿は、八月二十六日には、小谷城に近い虎御前山《とらごぜやま》にあった。朝倉を片付けた後は、近江の浅井を葬るのである。翌日の夜、羽柴秀吉が、小谷城に攻め込むと、当主・長政の父・浅井久政《ひさまさ》が切腹、続いて長政も腹切って果てた。浅井親子の首は京に送られて、獄門《ごくもん》にさらされた。長政の十歳になる嫡男も探し出されて、関ヶ原において磔《はりつけ》にされる。信長は、ただ笑みを浮かべて、その報せを聞くのだった。

信長の憤懣《ふんまん》を散らせるもう一つの知らせが、程なく入ってきた。元亀元年に、千草峠で信長を銃撃した者が捕らえられたというのである。九月十日、犯人を召し捕らえた磯野丹波守が、岐阜城の信長のもとにやって来たので、

「何奴が、余を撃ったのじゃ」

信長は身を乗り出して、尋ねた。磯野は平伏して、

「杉谷善住坊《すぎたにぜんじゅうぼう》という鉄砲の名手でございました。佐々木承禎に頼まれて、山中で鉄砲に二つ玉を込め、殿様目がけて打ち放ったとのこと。高島に隠れていたのを、此度、捕らえましてござる」

すらすらと言上する。そして、

「如何致しましょうか」

顔を上げて聞いたので、

「存分の処置をせよ」

信長は、簡潔に命じると、これまた嬉しそうに頬を緩めるのであった。杉谷善住坊は、尋《じん》問《もん》された後、立ったまま土中に埋められて、首だけ地上に出された。そして、その首は、鋸《のこぎり》でじわりじわりと挽《ひ》かれて切られたのである。

信長は、朝倉の旧臣・前波《まえば》長俊《ながとし》を越前の守護《しゅご》代《だい》に任じ、羽柴秀吉・滝川一益《たきがわかずます》・明智光秀を越前支配に参画《さんかく》させた。しかし、光秀は天正元年九月には越前を去る。そして新たな仕事を任せられることになる。それは、京都の支配であった。京都所司代《しょしだい》の村井貞勝と共に、光秀は都の行政や治安維持に邁進《まいしん》する。

天正二年（一五七四）の正月一日も、諸将は岐阜に年頭の挨拶にやって来た。光秀も例年の如く参上し、挨拶の後に、酒を振舞われた。酒宴が済むと、信長が、

「馬廻りの者は残れ。世に珍しき肴《さかな》がある」

嬉し気に言ったので、何であろうと気にはなったが、光秀ら重臣は退出する。後で聞いた話では、その後も、酒宴は続けられ、その席に、昨年討ち取った「朝倉左京大夫義景の首」「浅井下野守久政の首」「浅井備前守長政の首」を薄濃《はくだみ》（漆《うるし》で固め彩色）にしたものが、折敷《おしき》に載って現れたという。その頭蓋骨を眺めながら、謡《うたい》をし、酒を飲み、信長らは陽気に騒いだということである。

「清めの場で、三人の菩提を弔われたのじゃ」

との声も聞かれたが、光秀はそうは思わなかった。浅井・朝倉に対し、あれほど敵意を持っていた信長である。首になった三人を眺めて、

（余に歯向かったからじゃ）

と憤りの言葉を心中で投げつけているに違いないのだ。

その後も光秀は、京都の支配の担当をしつつも、越前一向一揆の鎮圧に尽力するなど休む暇もなく、働いていた。信長も着実にその勢力を伸ばし、天正三年（一五七五）五月には、織

田・徳川連合軍が、長篠《ながしの》において、武田軍を打ち破った。その年の七月、光秀は信長から「惟任《これとう》」の名字と「日向守《ひゅうがのかみ》」の官途《かんと》名乗りを与えられる。惟任日向守光秀の誕生である。

第四章

丹波攻め

惟任日向守となった光秀に任された次なる難題は、丹波国攻略であった。丹波は、室町時代には、細川家が守護を務め、家臣の内藤《ないとう》氏が守護代をしていた。次第に細川氏の勢威が減退していくと、内藤氏が勢力を拡大。ところが、永禄八年に、赤井直正《あかいなおまさ》が内藤氏を破ると、丹波の国衆の多くは赤井氏に従うようになる。赤井氏は、反三好であったので、足利義昭上洛の際は、信長に付いた。それが、信長と義昭が袂《たもと》をわかって以降は一転、信長に叛旗を翻していた。宇津《うつ》氏や内藤氏といった丹波の有力国衆も、親義昭・反信長方として、織田に出仕しようとはしなかった。そこで、光秀に丹波の国衆を帰順《きじゅん》させることが命じられたのである。

天正三年六月、光秀は、丹波に入国した。藤田伝吾や斎藤利三といった家臣を引き連れながらも、光秀は丹波の地勢をじっくりと見て回った。丹波の山々は、高くはないが急峻《きゅうしゅん》であり、山と盆地が入り組み、複雑である。

（これは、治めるのは難儀《なんぎ》じゃ）

地形を見ただけで、光秀は思った。どこに敵が潜んでいるか分からない、丹波に入った直後は、そうした警戒感もあった。しかし、丹波船井《ふない》郡宍人《ぐんししうど》の国衆・小畠左馬進永明《こばたけさまのしんながあき》が、すぐに出迎えてくれてからは、光秀は少し警戒を解いた。もちろん、伝吾や利三は、初めて会う小畠永明をジロジロと見つめている。まだまだ信用できないと感じているのだろう。永明はそれに気付いているのかいないのか、よく分からないが、光秀や伝吾らに対しても、屈託のない笑顔を振りまき、

「よくぞ、おいでくださいました。さぁ、我が館はこちらにございます。着きましたら、ごゆるりと休まれよ」

一同を自らの邸へ案内した。永明は年の頃は、二十の後半か三十代前半といったところか、それなのにまだ青年の面影を残す顔立ちをしていた。邸に着くと、永明は光秀を座敷の上座に座らせ、自らは下座にかしこまって、

「このようなむさくるしいところに、よくぞおいでくださった。拙者も、粉骨砕身、皆様のために尽くしたいと存ずる」

と低頭する。光秀も、

「お言葉、感謝する。左馬進殿には兄上もおられるとのこと。兄上にも宜しくお伝えくださされ」

と言い、軽く頭を下げると、

「兄の常好《つねよし》は家督を継いでおりますので、本貫地《ほんがんち》を守っております。拙者は、織田の皆様に尽くすように、兄から言いつけられています。丹波のみならず、どこへでもお供致します」

永明は、えくぼを作って笑う。

「私は、できれば、丹波で兵を用いたくない。左馬進殿は、丹波の国衆の動きをどう見られる」

光秀が、射《い》るように、永明の目を見ると、

「丹波のみならず但馬《たじま》にまで手を伸ばす黒井《くろい》城の赤井直正は、歯向かってくるでありましょう。しかし、他の国衆は、織田の勢いを見せつければ、容易く靡《なび》きましょう」

永明はそう言って、これもまた光秀の目を凝視する。

「赤井を叩くことが第一と言うわけじゃな」

「左様でございます。しかし、宇津頼重《よりしげ》や内藤如安《じょあん》が帰順しなければ、先に片付けるのも一策にございましょうが」

光秀は、永明の目や表情を見て、この男は信用に足ると感じた。永明は、光秀の表情が緩んだのを感じ取ると、

「さぁ、皆様、お疲れでしょう。鄙《ひな》でございますので、大したものはございませんが、酒食《しゅしょく》を用意しました」

手を叩き、使用人に配膳させた。大いに飲み食いしたこともあるのか、気が合ったのか、当初は疑いの目で見ていた伝吾や利三も、酒宴が進むにつれて、永明の肩を叩いて、何やら談笑している。その様子を微笑んで眺める光秀であった。


光秀は、依然として反抗的な態度を示す宇津氏を征伐《せいばつ》するために出陣するが、中断を余儀なくされる。信長が越前の一向一揆を攻める決断をし、光秀にも出陣命令が下ったからである。光秀は、宇津攻めを永明に任せて、自らは坂本城に帰り、八月中旬には敦賀に向けて進発した。信長は、佐久間信盛・柴田勝家・羽柴秀吉といった諸将にも越前への侵攻を命じていた。光秀らは、風雨をものともせず、一揆勢やそれに加勢する土豪たちに猛攻を加え、居城に乗り込んで焼き払うこともした。

「山林を探し当て、男女の別なく切り捨てよ」

との信長の命令が出ていることもあり、生け捕った一万二千人余りの者も容赦なく首を刎ねられた。そうしたなか、小畠永明が丹波で負傷したとの知らせが届く。戦陣のなかではあったが、光秀は急ぎ筆をとった。

傷の具合は如何ですか。心配です。使者を派遣して連絡すべきところ、遠路であるので、何の連絡もできずにいますが、これは本意ではありません。よくよく養生《ようじょう》することが大事です。この方面の事について、越前の府中にて皆が粉骨したため多くの敵を討ち取り、越前一国を平定しました。明後日には加賀に向かいます。加賀の面々も降参して、私たちを迎えるために出向いてくるとのことなので、こちらもすぐに平定されるでしょう。帰陣したら参りますので、お話ししましょう。戦いが終われば丹波に攻め込み、宇津を討伐します。

八月廿一日　日向守光秀

小畠左馬進殿　御宿所

書状を書き終えると、すぐに使いの者に、丹波の永明のもとに送るように命じた。光秀は、永明だけでなく、負傷した家臣に労わりの手紙を書くことが度々あった。九月下旬に丹後《たんご》経由で丹波に入った光秀主従は、永明を見舞う。永明は、

「面目ございません。日向守様(光秀)にご足労をかけましたこと、お詫び申し上げます」

苦しい表情をして、お辞儀する。

「いや、案じたぞ。傷は如何か」

光秀が聞くと、

「はい、一時、都にて療養したお陰で、大分よくなりました。矢傷だったのですが」

永明は袖をまくりあげると、光秀らに見せた。まだ傷痕が痛々しいが、命に別状はないようだ。

「養生するのじゃ」

光秀は労わると、いったん坂本に帰ること、そして十月には丹波に出陣し、赤井氏を攻めることを永明に伝えた。

「それまでには、しっかりと治しまする」

白い歯を見せて、永明は微笑した。

十月上旬、光秀は約束通り、丹波に出陣する。但馬の竹田《たけだ》城を攻撃していた赤井直正は黒井城に引き返し籠城。光秀は城の周囲に、十数ヶ所の付城《つけしろ》を築き、兵糧《ひょうろう》攻めの構えを見せた。この情勢を見た丹波の国衆の過半は、光秀のもとに馳せ参じてくる。黒井城を眼前に、光秀と永明は立つ。

「城は落ちたも同然、兵糧も乏しくなり、年明けには開城致しましょう」

永明が、落ち着いた声で言うと、光秀は、

「早く帰順するように、私は促している。帰順すれば知行《ちぎょう》はそのままにと言うておる。力攻めは大儀じゃ。大事な兵を失いたくない」

と、赤井氏に対し、帰順工作を行っていることを明かす。籠城戦は二月以上になろうとしていた。十二月に光秀は、徳政令《とくせいれい》を出し、期限付きで売買した田畠《でんばた》や、博打《ばくち》に賭けた金銭、滞納した年貢《ねんぐ》などを破棄することにした。徳政令によって、地元の支持を得ようとしたのだ。もうすぐ正月を迎えようとしていたが、信長が嫡男の信忠《のぶただ》に家督を譲ったことや、安土《あづち》に城を築こうとしていることが、光秀の耳にも既に入ってきていた。時代が大きく変わろうとしているなか、光秀は丹波で年を越す。

黒井城は今少しで落ちると思った矢先、年明け早々に、光秀らに驚愕《きょうがく》の知らせがもたらされる。丹波八上城《やかみじょう》（現・兵庫県篠山市）の波多野秀治《はたのひではる》が裏切り、赤井氏に味方したのである。

「何じゃと」

光秀も永明も、その報せを聞いた時、思わず怒鳴り声をあげた。永明はそのすぐ後に、

「これで、背後に敵が出来たことになります。ここに居ては、危うい。いったん京にお戻りなされませ」

光秀に進言した。光秀は、珍しく歯噛みしていたが、暫くして、

「直ちに都へ向かう、撤退じゃ」

利三や伝吾に大声で告げる。京に入った光秀は、一月下旬には坂本に落ち着いた。二月に再度、丹波に出陣するが、事態を打開するには至らなかった。一時、赤井氏が帰順するのではとの報せが舞い込んだが、足利義昭を庇護《ひご》する西国の大名・毛利《もうり》氏が信長と戦うとの決意が示されると、赤井氏もまた態度を翻した。

四月を迎えると、信長から別命が下る。大坂本願寺攻めである。光秀は、細川藤孝と共に、大坂から東南の位置にある守口《もりぐち》・森河内《もりかわち》の二ヶ所に砦を築くことを命じられた。荒木《あらき》摂津守《せっつのかみ》村重《むらしげ》には、尼崎《あまがさき》から船で進出させ、大坂の北野田《きたのだ》に三つの砦を築くこと、原田備中守直政《はらだびっちゅうのかみなおまさ》は

天王寺《てんのうじ》に砦を築くことが課された。荒木村重は、摂津の一土豪であったが、信長に付いたことによって、今では有岡《ありおか》城主として摂津一国を担う存在となっていた。

本願寺側は、木津《きづ》に砦を持ち、難波《なんば》からの航路を確保していたので、信長から、木津を奪えとの指令が届く。光秀は、天王寺の砦に入ることになった。五月三日、原田直政が、木津を攻めたところ、本願寺側は一万の大軍を繰り出してきて、原田軍を包囲、鉄砲でこれでもかと攻撃を加えてきたので、原田や多くの者が討ち死にする。原田らを破った本願寺勢は、天王寺の砦に攻め寄せてきた。光秀と共に砦に籠るは、佐久間信盛の長男・信栄《のぶひで》。信栄は、砦を囲む軍勢の多さに明らかに怯え、狼狽していた。

「最早、これまでじゃ」

目を瞑《つむ》り、戦う前から、地べたに座り込んだ。光秀は、そこまではならずとも、

(このままでは、数日中に砦は落ちるであろう)

と、いざという時の覚悟を固める。敵兵の鬨の声が響きわたり、ここで死ぬのかと誰もが思い始めた頃、

「援軍でございます。上様(信長)が軍勢を率いて、参られましたぞ」

砦内の兵士が遠方を指さして叫んだ。黄色地に黒色で染めた永楽銭《えいらくせん》の旗が、だんだんと光

秀の視界にも入ってくる。

「おおっ」

「助かった」

信栄などは手を打って早くも喜び勇んでいたが、軍勢を率いてきた信長に勝算がある訳ではなかった。味方の窮地を知り、態勢を組む前に急ぎ出陣したものだから、当初は百騎ほどの軍勢で若江に到着、その後、駆け付けてきた将兵を合わせても三千、とても一万五千の敵軍に勝てそうもない。それでも、信長は臆せず、敵にぶつかろうとする。黒塗の鎧を着た信長は、荒木村重に、

「先陣をつとめよ」

命じるが、村重は、

「それがしは木津方面の守りを引き受けましょう」

と譲らなかった。信長は、顔をしかめつつ、

「ならば、佐久間右衛門尉《うえもんのじょう》、松永弾正《まつながだんじょう》、先陣をつとめるのじゃ」

指令する。二陣は、滝川左近将監《さこんのしょうげん》・羽柴筑前守《ちくぜんのかみ》、三陣は馬廻りが命じられる。

「かかれ」

信長の号令が響くと、将兵は一斉に敵勢に向かっていった。しかし、本願寺勢は、数千挺《ちょう》の鉄砲で、雨あられのように、銃弾を浴びせてくるので、バタバタと兵士は倒れていく。

信長は後方でじっとしているのではなく、最前線に自ら進み出て、

「あそこを攻めよ」

「次はここじゃ」

と足軽を指揮した。周りにいた足軽は次々に銃弾の餌食になっている。そして、信長の足にも弾が命中する。しかし、それはかすり傷だったようで、軽傷で済んだ。かすり傷とは言え、痛みはあるはずだが、苦しみに歪んだ顔は少しも見せず、

「それっ、攻めこむのじゃ」

ひたすら将兵を叱咤《しった》激励《げきれい》し続けるのであった。その甲斐あって、本願寺側は押され気味となり、信長の軍勢は、天王寺の砦まで辿りつくことができた。信長も刀を振るい、敵兵を斬り捨てている。光秀は、鬼神《きしん》の如き、信長の行動を見て、改めて、感服するのだった。だが、敵勢はまだあちこちにいる。信長は光秀の姿を砦にて認めると、

「日向守、今からまた一戦に及ぶぞ」

鬼気迫る顔で、喚《わめ》いたのだ。佐久間右衛門尉などは、

「御屋形様《おやかた》、味方は無勢でございます。今は控えられるのが、賢明でしょう」

　鎧を掴まんばかりに止めたが、信長は、

「いや、今、敵がこのように我々の間近にいることこそ、好機。天が与えた良い機会じゃ」

　足をドンと踏み鳴らすと、軍勢を立て直し、素早く、敵に向かって斬り込んでいった。佐久間右衛門尉は、

「御大将があのように、前に出られるなど、前代未聞。いや、殿は昔からそうじゃったか……」

　脂汗《あぶらあせ》が混じった顔で嘆いていたが、信長の後には次々と、将兵が叫び声をあげて続いた。

　もちろん、光秀も疲労を忘れて、突き進む。無我夢中で、刀を振り回し、目に入った敵兵を逃さず斬っていく。おそらく、他の将兵も同じ心持だったのだろう、織田軍は二千七百もの首をとることができた。本願寺勢を追い散らした信長は、大坂に十ヶ所の付城を作ることを命じ、天王寺の砦には佐久間右衛門尉などを置いて、六月には京に戻ることになる。信長の奮戦のお陰で、光秀は命拾いしたのである。


　五月のある日、光秀は相変わらず大坂にいて、砦から遠くを眺めていたが、突然、眩暈《めまい》が

し、膝をガクリとついた。

「殿っ」

「如何されました」

伝吾や利三が体を支えてくれたが、どうも、ふら付きは治まらない。利三が光秀の額に「失礼」と言い、そっと手を当てる。

「殿、御熱がございますぞ」

利三が驚きの声をあげたが、

「いや、何ともない。大丈夫じゃ」

光秀は無理にでも立とうとする。しかし、すぐに、その場に倒れ込んでしまう。

「床の用意を」

気を利かせて、伝吾が走り去る。結局、光秀は強引に布団の上に寝かされたのだった。数日経っても、熱は下がらず、下痢の症状もあったので、これでは戦場での働きは覚束《おぼつか》ないとして、光秀もとうとう観念して、信長に帰京することを願い出る。あっさりとその願いは聞き届けられた。光秀は、医師の曲直瀬《まなせ》道三《どうざん》の邸で療養することになった。道三は、将軍や時の権力者を診察してきた名医として知られている。光秀発病の知らせを聞いて、坂本にいた妻の熙子が急ぎ駆けつけてきた。嫡男の十五郎、長女の倫《りん》、三女の珠も一緒であった。

「おぉ、皆、来てくれたのか」

光秀は寝所《しんじょ》で布団に横たわっていたが、家族が来たことを知ると、起き上がろうとした。

それを熙子が、

「ご無理をなされてはなりません」

慌てて、体を支え、寝かそうとする。

「父上、お加減は如何ですか」

倫と珠が同時に声をかけた。倫は十五歳、珠は十三歳だった。

「ふら付きは無くなったが、熱がまだ下がらん」

光秀は正直に答える。十五郎は七歳であるが、恥ずかしいのか、何も言わず、もじもじしている。ただ、心配している様子は光秀には伝わってきた。

「吉田兼見《よしだかねみ》様に祈禱《きとう》を頼んでみましょう」

熙子は、藁《わら》にも縋《すが》る想いだったのだろう、公家で吉田神社神主の兼見に祈禱をしてもらうことを思い立った。兼見は、細川藤孝の従兄弟であったので、光秀とも旧知の間柄だった。

吉田家を訪問し「石風呂《いしぶろ》」に入れてもらったこともあるし、光秀が信長の動静を兼見に報せることもあった。例えば、京の妙覚寺に信長が泊まるとの報せを受けると、兼見はすぐに挨拶に出向いた。言わば、持ちつ持たれつの関係であった。兼見は、熙子の祈禱の依頼を快く受けてくれた。

光秀が亡くなったとの死亡説が飛び交うこともあったが、病状は快方に向かい、一ヶ月もすれば良くなった。その間、信長からの見舞いの使者が訪れたこともあった。熙子は、光秀が快癒するまで、付き切りで看病する。光秀が完治した頃には、熙子の髪にも白いものが混じっていた。

立ち直った光秀は、丹波攻略に再び邁進することになるが、十月ももうすぐ終わりという頃、「熙子が病で倒れた」との報せが突如、入ってくる。光秀は、取るものもとりあえず、丹波から坂本城に向かう。寝所に入ると、熙子の手を握りしめ、

「大丈夫じゃ、きっと治る」

力強く言い切る。熙子の顔には生気がなく、

「はい」

と呟くのみ。ほんの数ヶ月前に会った時は、変わりなかったのに……変わり果てた妻の表情に、

（儂の看病のせいで、疲れ果てたのではないか。それで病を）

光秀は自らを責めるのだった。

「しっかりするのじゃぞ、兼見殿に平癒《へいや》の祈禱をしてもらうほどに」

熙子の手を布団に入れた光秀は、すぐに兼見に祈禱をしてくれるよう手紙を書いた。

祈禱の効果か、熙子の病状は一時は好転したが、すぐにまた悪くなり、十一月の初めにこの世を去った。

（儂のせいで……）

人に見せたことのない涙を、この時ばかりは、光秀は人前で流した。しかし、いつまでも泣いているわけにはいかなかった。丹波攻略という大仕事はまだ成っていないのだから。

光秀は丹波攻略のためには、新たに城を築かねばならない、そう思うようになっていた。

永明にも相談してみたら、

「それは良い案にございます。余部《よべ》の城だけでは心もとないと」

賛同したので、

「そうじゃ。新城を造営し、粘り強く、丹波を平定していく。問題はどこに城を築くかじゃ」

光秀は、顎に手を当てて考え込む。永明も少し思案していたが、すぐに、

「余部のやや東にあるこの場所は如何でしょう」

地図を手で指し、提案したので、光秀は賛同。年明けから、城作りに取り掛かる。鍬《くわ》・鋤《すき》・もっこを使って、人夫に堀を掘らせ、城は天正五年(一五七七)四月に完成した。新城は「亀山《かめやま》」と名付けられた。

第五章　本能寺

天正六年(一五七八)正月一日、五畿内《ごきない》、若狭・越前・尾張・美濃・近江・伊勢の武将たちは、信長の御機嫌伺いに、安土城に出仕し、恒例の年頭の挨拶を申し上げた。もちろん、光秀もその中に交じっている。琵琶湖東岸の安土山に築かれた安土城に来る度に、光秀は、地下一階、地上六階の天守閣を感嘆の想いで、眺めてしまうのだった。外観もさることながら、二層目に入ると、座敷うちの絵が描いてあるところには、全て金箔《きんぱく》が貼ってある。座敷には一面に布が張りつめてあって、黒漆《こくしつ》で塗られている。十二畳の西の部屋には、狩野永徳《かのうえいとく》に描かせたという梅《うめ》の墨絵《すみえ》が見えた。

三層目の部屋には、花鳥《かちょう》の襖《ふすま》がはめ込まれ、四畳敷きの「御座《ござ》の間《ま》」にも花鳥の絵が描かれている。四層目の西の十二畳の部屋は「岩の間」と称され、岩の周りに木が描かれているが、五層目に入ると、絵はなく、四畳半の部屋が並んでいるだけである。六層目は、八角になっており、外柱《そとばしら》は朱塗《しゅぬり》、内柱《うちばしら》は金箔、障壁には釈迦《しゃか》が悟りを開くまでの説法の様子が描かれ、縁側には餓鬼《がき》や鬼が描写されていた。

天守からは、織田家の家臣の邸宅が——その中には光秀の家もあったが——甍《いらか》を並べ軒を接して建っている。それは誠に壮観であった。天守のお座敷に、家臣一同が着座して暫くすると、信長が機嫌良さそうに入ってきた。

「おめでとうございます」

光秀初め多くの家臣が、口を揃えて年賀を申し述べ、頭を下げた。信長はうんうんと頷くと、

「昨年は、裏切り者の松永久秀を信貴山《しぎさん》に攻め滅ぼし、紀州《きしゅう》の雑賀衆を追い散らした。今年は、丹波の波多野、中国の毛利を追い込むのじゃ」

光秀と秀吉の顔を交互に見ながら言った。秀吉は、一歩前ににじり出て、

「播磨《はりま》の赤松則房《あかまつのりふさ》、別所長治《べっしょながはる》、小寺政職《こでらまさもと》、既に上様に服してございます。それがし、但馬にも攻め入り、竹田城の太田垣《おおたがき》も降《くだ》しました。背後に敵はございませぬ。それがし、小寺孝高《よしたか》から姫路の城を譲り受けてござれば、ここを拠点にして、一気に中国に攻め込みまする」

それがし、それがしと連呼し、大仰《おおぎょう》に手を広げて、自らの功績と、新年の展望を言上する。

佐久間信盛や柴田勝家、林秀貞《はやしひでさだ》といった代々織田家に仕えてきた家の者は、秀吉を（うるさい奴）といった目で睨みつけている。こうした視線は、光秀が織田家に入ってからも、常に感じてきたことである。光秀や秀吉は、彼らにとっては、途中から割り込んできた「外様《とざま》」なのだ。その外様が、頭角を現して、功績をたてて、信長の覚え目出たいことは、宿老《しゅくろう》にとっては、目ざわりに違いない。

「筑前守、期待しておるぞ。励め」

信長は、いつものように、短く激励すると、光秀の方を向き、

「昨年は、内儀《ないぎ》が亡くなられたな。美しく、聡明な内儀であったのに、惜しいことをした。内儀もそなたの更なる出世をあの世で望んでいるであろう。一段と励むのじゃ」

労わりの言葉をかけた。信長にしては口数が多い。光秀は、

「有難き、お言葉。より一層、励みまする。昨年末より、我が妹が、上様の御側近くでお世話しておりますが、不調法《ぶちょうほう》なこともあるかと存じまするが、何卒、よしなに」

と言い、辞儀をする。

「おぉ、妻木のことか。奥向きのことを、素早く捌《さば》いておるわ。何も言うことはない」

信長は笑みを浮かべると、

「そうじゃ、荒木摂津守の嫡男と、日向守の娘はどうじゃ。仲良くやっておるか」

荒木村重を指さして尋ねた。昨年、村重の嫡男・村次《むらつぐ》と、光秀の長女・倫は夫婦となっていた。織田家中で成長著しい村重と結ぶことは、光秀にとって損はない。それは裏を返せば、村重も同じ想いだった。織田家中内の「政略結婚」といって良かった。

「はっ、仲睦《なかむつ》まじく、暮らしておりまする」

村重は、信長に答えた後に、光秀の顔を見て、微笑した。安心されよという意味だろう。光秀も村重の笑顔を見て、倫の幸せを感じたように思え、ほっとした。年頭の儀式と茶会が終わると、光秀は坂本へと帰り、丹波攻略の方策を練るのだった。

光秀としては、波多野秀治が籠る八上城を一気に手中にしたかったが、播磨情勢の急転があり、思うようにはいかなかった。信長方に付いたはずの、三木(現・兵庫県三木市)の別所長治が、突如、裏切り、毛利などの反信長勢力に与《くみ》したのだった。秀吉が攻略した上月城《こうづきじょう》(現・兵庫県佐用町)も、毛利に奪われてしまう。そのこともあって、光秀も播磨の城攻めに駆り出されることとなり、丹波のみに目を向けることが難しくなったのだ。

そうした中でも、目出度《めでたい》いこともあり、光秀の三女・珠と、細川藤孝の子・忠興《ただおき》の婚儀が八月に執り行われた。これも、細川家との結びつきを強めておこうという光秀の構想から出たことであった。

慌ただしい日々が過ぎていくが、九月には、光秀は亀山に入り、その後、八上城を攻めるため出陣する。これで心置きなく、丹波に専念できると思った時に、今度は、十月下旬に、摂津の荒木村重が謀叛を企《たくら》んでいるとの報が入ってきた。もちろん、それは信長の耳にも届く。

「まさか、村重が謀叛など。そんなはずはあるまい。何か不満でもあるのだろうか、あるならば聞いてやろう」

そう思った信長は、光秀と松井友閑《まついゆうかん》・万見仙千代《まんみせんちよ》の三人を有岡城の村重のもとに遣わす。

光秀も、村重謀叛の一報を聞いた時、

(まさか、そんなはずは)

と疑い、正月の村重の笑顔が思い出された。同時に長女倫の顔が浮かぶ。

有岡城を訪れると、城の広間には、村重がすっくと立ち、光秀らを迎えた。意外にも、村重の顔は険悪なものではなく、穏やかであった。光秀は、

「摂津守殿に謀叛の心があると、噂が飛び交っています。如何、お考えか」

表情を和らげて問うた。村重は、呵々大笑《かかたいしょう》し、

「謀叛など、誰が申しているのじゃ。それがし、少しの野心もござらん」

膝を叩いてから胡坐《あぐら》をかいた。光秀はその言動を見て、

(謀叛の噂は、偽りであったか)

と感じたが、

「上様から、摂津守殿の御母堂《ごぼどう》を差し出すようにとの仰せじゃ。また、摂津守殿の出仕も望んでおられる。急ぎ、安土に向かわれよ」

と伝えた時には、表情を固めた。返答やその後の行動によっては、村重の本心が分かると思ったからだ。光秀の手のひらは、汗で滲む。村重は、光秀の瞳をじっと見つめていたが、
ふっと視線を逸らすと、

「何れ、出仕致しましょう」

と呟いた。松井友閑と万見仙千代は、

「おぉ、それが良かろうて」

「荒木殿が謀叛など、やはり偽りだったのじゃ」

顔を見合わせて喜んだものだが、光秀は、俯き、

(摂津守は謀叛を企んでいる)

暗澹《あんたん》たる気持ちになった。謀叛の疑いを解くには、何れ出仕ではなく、今すぐに信長のもとを訪れて、誤解を解かねばならない。そうでなければ、信長の猜疑心は増幅し、取り返しのつかないことになりかねない。それくらいのことは、村重ほどの武将ならば、理解しているはず。それをしないということは……。

光秀らは、安土に帰り、村重の「少しの野心もござらん」との言葉をそのまま伝えた。

信長は喜んで、

「摂津守が謀叛などあり得ぬ」

自らの考えに自信を深めた様子であった。しかし、時が経ち、村重が出仕しないと分かると、自信は崩れていった。

村重謀叛は、確実となった。それでも、信長は諦めずに、光秀や秀吉、松井友閑らに、村重を懐柔《かいじゅう》するよう命じた。光秀も何度も、使者を遣わしたが、

「信長に出仕することはござらん。攻めるなら、攻めてみよ」

光秀が会った時とは、態度を一変させて、村重は咆哮《ほうこう》したという。こうなれば、さすがの信長も、村重を攻めざるを得ない。信長は叡山攻めの時のように、非情な決断を下すこともあったが、「身内」の謀叛に関しては、甘いところがある。松永久秀が謀叛しても一度は許

しているし、村重が謀叛したと知っても、それを懐柔しようとする。

（儂が上様なら、問答無用で、一気に攻め滅ぼすのだが）

謀叛人の討伐に参加しながら、光秀は何度かそう感じたこともある。そうこうするうちに、荒木方から、長女の倫が送り返されてきた。光秀とは敵の間柄となったので、離縁《りえん》されて、送還されたのだ。さぞや、辛い顔をしているかと思ったが、倫はさっぱりとした表情をしていたので、光秀は安堵する。見知らぬ土地で、他家の者たちと過ごすことから解放されて嬉しいといった顔をしているのだ。そういう意味では、まだ子供であったということか。

十一月、信長は摂津に向けて出陣、光秀もそれに呼応するように、兵を進め、太田郷《おうたごう》に砦を築き、荒木方の茨木城《いばらきじょう》攻めに備える。村重謀叛に連動するように、毛利が木津方面に船で進出してきたので、両者は手を組んでいたのである。村重の裏切りの理由は定かではないが、摂津の国人衆の織田に対する反発を抑えきれなくなり、それに迎合して叛旗を翻したとも言われている。

有岡城こそ落ちていないものの、荒木方の茨木城や高槻城《たかつき》は次々に降伏し、村重は孤立していった。荒木攻めの隙をついて、十二月に光秀は丹波に戻る。小畠永明が、待ちかねたという表情で、光秀を出迎える。永明とももう数年来の付き合いである。光秀は永明を信頼し、

明智の名字まで与えていた。光秀は、八上城を次の年には落とすとの決意を固めていたので、永明に会うなり、

「城の三里四方に、堀《ほり》を掘り、塀そして柵を幾重にも築こう」

目に力を込めて言う。永明も心得たもので、

「兵糧攻めにするのですね」

打てば響くように答える。

「そうじゃ」

光秀は八上城を眺めながら言うと、急ぎ、将兵に指示を与える。幾重にも巡らされた塀や柵が十二月のうちに出来上がった。小屋まで作り、そこでは兵士が警固をする。これでは、蟻《あり》が這い出る隙間もない。外から兵糧を運び込むことはできないだろう。

包囲網の完成を見届けると、光秀は坂本に戻り、天正七年(一五七九)の二月下旬までは、茶会などして、本拠で過ごした。そして再び、丹波に出向く。それから二ヶ月ほどは大きな動きはなかったが、四月に入ると、八上城内から、

「城を退くので、命は助けてほしい」

との懇願が届くようになる。命乞いをする城内からの使いの者に、光秀は何度か会ったこ

ともある。その使者の頬はこけ、体は痩せ細り、今にも倒れそうであった。使者は言う。

「城内では、既に多くの者、五百人は飢えで死んでおります。餓死者の顔は、皆、青く腫れて、最早、人とも思われぬ形相《ぎょうそう》でござった。草や木の葉を食しておりましたが、それが尽きると、馬・牛を食し、もう食するものがございません」

力なく話す使者の顔を見た光秀は、

「最近、城内から、兵士が我が方に飛び出してくるが、それは食料がないからか」

冷淡に尋ねる。

「そうでございます。飢えに苦しみ、食べるものを求めて、外に這い出すのでございます。しかし、忽ち、それらの者は……」

「我らに討たれる」

光秀が言うと、その使者の顔に怒りの表情が宿ったのを見た。

(これは、まだ戦う気力があるな)

そう察した光秀は、降伏を許さなかった。使者が足取り重く帰るのを見届けた永明は、光秀に、

「八上の城の本丸は、焼け崩れ、城内には飢えが満ちております。もう、落城も間近でしょ

う。なぜ、降伏を許されぬのですか」

不思議に思い、問いかける。

「先ほどの使者の顔には、まだ怒りの気持ちが残っておった。まだ、戦う気力があるということじゃ。降伏に、そうした感情は無用。気力がなくなるまで、降伏は許さぬつもりだ。中には、まだ我が方に抵抗しようとする者もいよう。降ると見せかけて、襲うてくる者もいるやもしれん」

永明は、なるほどという顔をしたが、その一方で、

(日向守様のお答えは、方便なのではないか。城内の者ども、全て殺し尽くすお考えなのではないだろうか。これまで、殿は、波多野のせいで、丹波攻めに大変な苦労を強いられてきた。その恨みを晴らしているのではなかろうか)

内心、そうした感情も芽生えてきて、光秀という男の恐ろしさに足がすくんだ。光秀は将兵に命令を出していた。「乱取り(略奪)は、敵兵を打ち漏らすので許さぬ。敵の首は悉く刎ねよ。首の数に応じて、恩賞《おんしょう》を与える」と。光秀の命令も、永明の想像に裏付けを与えるのに十分であった。

時が更に過ぎると、城内からは、人が人を食べているとの話が出てくるようになった。頃

良しと見た光秀は、城内の波多野の家臣に、

「波多野三兄弟を捕えれば、褒美を与えよう」

と持ち掛ける。光秀の話に飛びついた波多野の重臣は、忽ちのうちに、主君を捕えて、光秀の前に引き据えた。しかし開城直前、最後の足掻《あが》きと、明智の軍勢に向かってくる敵兵もいて、どこに残っていたのか、弓矢が激しく飛んできた。永明は、矢を払い除けながら、前進するが、その時に、光秀が先日言った「気力がなくなるまで、降伏は許さぬつもりだ」との言葉が思い出されていた。

（日向守様が仰ったことは真であったわ。これほどまで完膚なきまでにやられても、まだこれほどの抵抗を示すとは）

城に入ると、怒りに震える城兵たちが、刀を振るって襲いかかってくる。永明は一人の敵兵と切り結んでいたが、その背後を、陣笠《じんかさ》を被った雑兵に槍で突かれてしまう。その槍の柄を、永明は刀で真っ二つにしたが、傷は重く、床に倒れ込む。敵兵は隙を狙い、何度も永明を刺したので、ついに絶命する。敵兵が永明の首を獲ろうと、膝を床に付けた時、その兵の首は飛んだ。藤田伝吾であった。伝吾は、

「永明殿」

永明の肩を揺すり名を叫んだが、返事はなかった。永明の首は伝吾によって守られた。

光秀の前に引き据えられた波多野三兄弟(秀治《ひではる》、秀尚《ひでなお》、秀香《ひでたか》)は、疲労と屈辱がない交ぜになった顔をしていた。そこに、伝吾が、永明の体を抱えてやって来て、

「小畠殿、討ち死にございます」

無念の顔で告げたものだから、光秀の顔もまた一変する。茫然自失といった表情だ。主君に縄をかけた波多野の家臣たちが、物欲しそうに、光秀の顔を凝視する。光秀は、暫く間があってから、波多野の家臣たちに向き直り、微笑すると、

「御苦労、褒美じゃ」

袋を彼らの眼前に投げる。彼らが袋の紐を解いてみると、そこには六文銭が入っていた。

(三途《さんず》の川の渡し賃!)

一瞬にして、波多野の家臣の表情が強張る。恐る恐る光秀の方を見ると、光秀はきっと目を剝き、

「そなたらは、長年、仕えた主君を裏切った。また、誰かに仕えても、すぐに裏切るであろう。そのようなもの、今すぐ始末した方が、世のためであろうよ」

と、言い放つ。重臣らは、口々に、

「約束が違いまする」

「裏切ったは、日向守じゃ」

恐怖に歪んだ顔を晒《さら》していたが、

「約束は守った。褒美はそなたらに渡した。私は、命を助けるとまでは言っておらん」

光秀は厳しい口調で言うと、伝吾に、今すぐ彼らを始末するよう命じた。波多野の重臣は、死の間際まで、光秀に恨みつらみを投げつけていたが、伝吾らが一刀のもとに斬り捨てると、辺りは静寂に包まれる。光秀は、永明の骸《むくろ》の前に歩み寄ると、傷付いた体にそっと片手を当て、瞑目《めいもく》する。天正七年、六月二日、八上城はついに落城した。

波多野兄弟は、安土に護送されたが、信長の命によって、すぐに寺で磔となる。

八上城は制圧されたが、宇津城（現・京都市右京区）の宇津頼重《よりしげ》、黒井城の赤井忠家《ただいえ》（直正の甥。直正は既に病死）は依然として織田に抗していた。光秀は彼らも討つべく、七月に兵を出し、宇津城を包囲。しかし、宇津氏は、すぐに城から逃げ去ってしまう。八上城のようになりたくなかったからだろう。八上城を徹底して叩き潰したことの効果は出ていたのだ。これで、明智の軍勢の損失は防ぐことができる。

しかし、赤井氏は城を出て、応戦してきたので、明智軍は、敵の屈強な者たち十人余りを狙って、討ち取った。すると、瞬く間に、敵兵は降伏し、忠家も城から逃れた。丹波国の平定は成し遂げられたのである。光秀は、細川藤孝と協力して、すぐに丹後国も平定。十月下旬、安土城を訪れた光秀は、信長に、丹波・丹後平定が成ったことを伝える。すると、信長は立ち上がり、居並ぶ家臣全てに聞こえるほどの大声で、

「日向守の粉骨砕身の活躍による名誉は、他に比べようもないほど抜群である」

光秀を褒め称えた。そして、光秀の活躍を称える感状(感謝状)も贈られた。光秀は平伏すると、

「上様のお言葉有難く、この世の名誉としてこれ以上のものはありませぬ」

涙を流さんばかりに御礼を申し上げる。光秀は、信長から貰った書状を掛け軸にして、床の間に飾るようになった。

摂津の荒木村重は、九月に単身、有岡城を脱け出して、嫡男・村次がいる尼崎の城に移っていた。有岡城には、荒木久左衛門《きゅうざえもん》やその他の武将、彼らの妻子たちが籠城していた。信長

は彼らに対し、

「尼崎の城と花隈《はなくま》の城を織田に進上すれば、各々の妻子は助けよう」

と持ち掛けていた。荒木久左衛門らは妻子を有岡城に残し、村重の説得のために、尼崎城に移る。有岡に残った者たちは、織田の人質のような格好となり、皆、お互いの目を合わせて、不安な日々を過ごすのであった。その中には、村重の妻・だしもいた。

村重は、家臣の説得に応じず、織田に城を差し出すことを拒否。荒木久左衛門ら武将も、進退に窮して、尼崎に留まったので、それを知った妻子たちの嘆きと絶望の心は計り知れなかった。

「これは夢であろうか」

「もう夫に会うことはないのであろうか」

中には、妊娠中の者、幼子を懐に抱く女性もいて、悲しさに泣き出す人が大勢いた。その様子は、城を囲む織田の将兵にも伝わり、心ある者は、涙を流すのであった。そうした有様は、信長にも伝えられた。信長は、

「不憫《ふびん》なことだ」

珍しく、温情を見せたが、すぐに顔を引き締めて、

「荒木一族を都で成敗せよ。心の曲がった荒木摂津守や久左衛門らを懲らしめるためじゃ。先ず、妙顕寺に大きな牢屋を拵《こしら》えよ。そこに妻子どもを閉じ込めるのだ。そして、摂津国で名のある武将の妻子を選び出し、その者らを磔にするのじゃ。磔といっても、最初から槍で突くのではない。鉄砲で撃ち、その後で、槍と長刀《なぎなた》でもって刺し殺すのだ。その他の者は、四つの家に押し込めよ。家の周りには、草を積んでおけ。生きたまま焼き殺すのじゃ。十二月の十三日には女房衆を、十六日には荒木一族と重臣の家族を殺せ」

虐殺の方法や手順を、事細かに指示する。

その頃、京にいた光秀のもとにも、荒木五郎左衛門《ごろうざえもん》という見知らぬ男が駆け込んできて、

「妻を有岡に捨ておいたこと、本意ではない。妻の命に代わりたい」

最後には涙を流して訴えたが、光秀は、

「それはできぬ」

と頭を振るのだった。光秀が荒木の縁者だったことを知って、懇願《こんがん》してきたのだろうが、今となっては、村重の行為に、光秀も迷惑しているのだ。あらぬ疑いを、信長にかけられる恐れもあるからだ。それであるのに、この荒木五郎左衛門とやらを匿《かくま》ったり、その言葉を信長に伝えたりしたら、事は面倒になる。光秀は、家臣に命じて、五郎左衛門を捕え、京に

送った。五郎左衛門は夫婦揃って、成敗されることになるのである。

光秀も後で聞いたが、荒木一族や家臣、その妻子の処刑は、手を下す者にとっても、地獄だったという。女性たちが嘆き悲しむ声は、天にまで響くようであり、燃えあがる炎で焼き殺される人々の声は、煙にのって、空にまで届いていくかに思われた。野次馬にやって来た見物人も、余りの光景を目の当たりにし、手を合わせる者、急いでその場から立ち去る者、絶句して目を覆う者ばかりだったという。その後、村重は城を出て、西国の毛利氏のもとに亡命することになる。

天正九年(一五八一)にもなると、信長の難敵であった本願寺も既に降伏し、天下の統一も目前に見えた。関東の雄《ゆう》・北条《ほうじょう》氏までもが「帰参《きさん》する」と申し出てきていた。羽柴秀吉は、三木の別所氏を降し、因幡《いなば》の鳥取までも手中に収めた。柴田勝家は、加賀に乱入し、一向一揆を鎮圧、能登《のと》にも攻撃を加えていた。

そうした中で、重臣の佐久間信盛・信栄親子が、信長によって追放されたことは、光秀にとって驚きであった。もちろん、光秀も、信長が佐久間親子を気に入らぬことは前々から知ってはいたが、まさか追放されるとは……しかもその理由は、本願寺攻めで功績がなかったこと、光秀や秀吉・勝家らが奮戦して功績をあげているのに手柄を何もあげていないこと、かつての朝倉攻めの時に自らの正当性を主張し、信長の面目を潰したこと等であった。随分と昔のことを持ち出して、責めているが、「罪状」としては、本願寺攻めに際しての体たらくが多いので、追放の理由は明白である。信長は、筆頭家老の林秀貞も、野心を企んだとして追放している。光秀は信長重臣の追放劇を見て、

(役に立たない家臣は、何れ放り出される。それは他人事ではなかろう)

との感を強くした。

(弱き者は亡び、強き者は生き残る。謀《はかりごと》多きは勝ち、少なきは敗れる)

光秀は、乱世では当たり前のことを、今更のように、何度も内心で呟くのであった。

落ちぶれる重臣がいる一方で、光秀の勢威はますます高まっていた。京都での馬揃《うまぞろ》えの運営責任者を任されたこともそうである。馬揃えには、正親町天皇はじめ殿上人《てんじょうびと》らが桟敷《さじき》にお出ましになり、見物をされた。信長は、下京《しもぎょう》の本能寺《ほんのうじ》を朝に出て、馬揃えに向かう。光秀は、丹羽長秀・蜂屋《はちや》頼隆《よりたか》に続き、三番目に馬場に乗り入れることになる。どの武将も、思い思いの頭巾をかぶり、その出《い》で立《た》ちも派手なものであった。例えば、唐織物《からおりもの》、金襴《きんらん》、唐綾《からあや》、模様

入りの織物で出来た小袖《こそで》をつけ、上衣《うわぎぬ》や袴も上等な織物を着ていた。京のみならず、隣国からも見物客が訪れ、大変な混雑ぶりであった。

八月、信長に側近く仕えて「妻木」と親しまれていた、光秀の妹が病死する。光秀は親族の死を悲しむが、妻の煕子が亡くなった時のように、嘆き悲しむ暇はなかった。今や、近江坂本や丹波を治める大名である。領国統治や家臣団の統制のために、やるべき仕事は多くあった。光秀は、その年の十二月、家臣に向けての法度《はっと》を作成する。

その内容は「織田家の宿老や馬廻衆とすれ違う時は、脇によって慇懃《いんぎん》に先方を通すこと。洛中洛外での遊興見物はこれを禁止する。道路で他家の家臣と口論してはいけない、もし喧嘩した場合は、理由に関わらず成敗するし、喧嘩をしたらその場で切腹せよ」というものである。

家中での摩擦を少しでも減らそうという光秀の配慮であった。ほんの些細な揉め事でも、一大事に発展することがある、信長に咎《とが》められて、光秀自身の災いになることもあるのだ。何より今は、信長気に入りの「妻木」はもういない。何かあっても、取りなしてくれる人はいないのだ。細心の注意を払うべきだというのが、光秀の心であった。

天正十年（一五八二）も、光秀にとって多忙な年になりそうだった。一月六日に安土に参上したかと思うと、二月には武田攻めのため、信濃《しなの》出陣を命じられる。そして三月上旬には信濃に出立。とは言え、此度の戦は、信長の嫡男・信忠が主力であって、光秀は実戦に加わることはなかった。三月中旬には、武田勝頼《かつより》は敗死し、ついに名門の武田家は滅亡する。

四国にも信長の手が伸びようとしていた。四国は、土佐の大名の長宗我部《ちょうそかべ》元親《もとちか》が、その全域に勢力を拡大させようと奮戦、当初は織田家と良好な関係を結び、光秀もその仲介をしたこともあったが、ここに来て、信長は四国攻撃を決意。三男・信孝《のぶたか》を総大将にして、六月上旬に攻めこもうとしていた。

（やはり、こうなったか）

政策の転換というものは、よくあることだ、光秀は長宗我部が風前《ふうぜん》の灯火《ともしび》であることを想い、同情の気持ちも少し湧いたが、安土城を訪れる徳川家康の饗応役《きょうおうやく》を仰せつかったので、そちらの準備の方に気をとられた。五月十二日、光秀は、奈良の興福寺《こうふくじ》に調度品《ちょうどひん》の貸し出しを頼む。家康をもてなすための準備である。準備の甲斐あって、饗応は無事に済んだ。信長も家康もとても満足そうな顔をしているのを見て、光秀は、一息ついた。

その頃、備中高松《たかまつ》城を攻める羽柴秀吉から、信長に救援要請が入っていた。毛利氏の大軍が迫りつつあり、信長に助けを求めたのである。信長は安土城で出陣の準備をし、光秀ら諸将にも、出陣の備えのため、国に帰ることを許す。

光秀は、坂本城に戻り、出陣に備える。五月二十七日には、中国出陣の戦勝祈願のため愛宕山に参篭《さんろう》する。

信長の嫡男・信忠も、多くの馬廻衆を連れて、京都の妙覚寺に入った。これは五月二十一日のことである。信長もまた、土砂降りの雨の中を、安土を出て、京に向かう。供の者は、三十人ばかりの馬廻衆と小姓衆であった。安土を出た五月二十九日の夕方四時、信長は本能寺(現・京都市中京区、法華宗《ほっけしゅう》)に入る。

第六章　天下人

「上様、本能寺に入られました。供の者は馬廻衆・小姓衆三十人ばかりにございます」

中国出陣のため、坂本から丹波亀山の城に移っていた光秀のもとに、信長の動静が届けられた。信長の動きを掴んでおくことは、共に中国遠征を行う身としては大切なことである。だから、使者を遣わして、信長の動きを逐一、見聞させて、知らせてもらっていた。これまでにも、出陣や合戦の時には、当然ながらこのようなことは何度もあった。他の武将も普通にやっていることだ。連絡・連携が途切れたら、急な事態に対応できないからである。

しかし、この時は、つまり、信長が僅かな供の者を連れて本能寺に入ったとの報せを受けた時には、光秀はこれまでにない高揚感と、笑いがこみ上げてきた。

（上様ともあろう御方が、何故、油断されているのか。三十人では、敵襲を受ければ、ひとたまりもないではないか。信忠様も京におられるが、供の者は五百人ばかり。儂は、一万三千の軍勢を率いている……）

深夜であるにも拘わらず、突然、クックッと笑いを堪える主君を見て、使いの者は唖然としていたが、光秀もそれに気付いたのか、口を閉じて、

「上様の動き、これからも欠かさず知らせてくれ」

と命じると、襖を閉じて、再び布団に転がる。天井を見つめながら、光秀は眠らずに考え続けた。いや、気分が昂ぶって眠れないのだ。

（弱き者は亡び、強き者は生き残る。謀多きは勝ち、少なきは敗れる……）

光秀の頭に真っ先に思い浮かんだのが、日頃から去来するこの言葉であった。信長に恨みはなかった。いや、恨みどころか、貧しい境遇から、ここまで出世させてもらったことに感謝しかなかった。

（大恩ある上様。しかし、このような機会、滅多にあるものではない。羽柴筑前守は備中にあり、織田信孝様は住吉《すみよし》で四国征伐の準備を進めている。柴田勝家は北国にある。そして徳川家康は、堺《さかい》見物）

信長を襲撃して殺しても、誰も手が出せないのである。しかも、都を手中に収めれば、朝廷を擁することもできる。光秀に歯向かう者は、朝敵《ちょうてき》とすることもできよう。細川藤孝は、

同家に珠が嫁いでいるので、光秀に味方してくれるだろう。そこまで考えた時に、光秀の心に、

（そうじゃ、このまま上様に仕えていても、先は見えている。織田家の重臣として、威を振るうこともできよう。が、一歩間違えれば、佐久間信盛のように、家を追われることも。惨めなものじゃ。儂が、そうなることも、十分あり得る。儂も、もう五十四だ）

との想いもこみ上げてきた。頭にも白いものが増えてきていた。

（で、あるならば、ここで上様を倒し、天下に覇《は》を唱《とな》える。それもまた一興《いっきょう》ではないか）

信長を倒せば、世の人は光秀を謀叛人と呼ぶであろう。

（しかし、それがどうした。足利尊氏《たかうじ》は、主家である北条氏を討ったではないか、そればかりか、後醍醐《ごだいご》天皇にまで叛旗を翻した。上様も、若き頃は、守護代家や親族までをも滅ぼしたではないか。勝てばそれで良いのじゃ。勝ち続ければ……）

光秀は、一睡もせずに朝を迎えた。このような時は、大概は気だるいものだが、その日の光秀は、爽やかな顔付きであった。深夜からの迷いは、既に晴れたのである。

光秀は、重臣の藤田伝吾・斎藤利三、荒木に離縁された倫を娶った明智左馬助秀満《さまのすけひでみつ》、光秀の従兄弟の明智次右衛門《じえもん》光忠《みつただ》を亀山城の広間に呼んだ。自らの側に寄るように命じた光秀は、

小声で、

「上様を討つ」

　と大事を告げた。中国出陣の相談とばかり思っていた重臣らは、目を剥くか、唇を噛むかして、一様に深刻な顔をした。これは、光秀の予想していたことなので、深夜に熟考したことを、ここでまた披露する。光秀が真剣な面持ちで説くに従って、一同の顔付きや態度も変わってきた。頷く者もあれば、

「それで」

　と話の続きを聞きたがる者も出てきた。それでもまだ、腕組みして難しい顔をしている者もいる。斎藤利三である。

「内蔵助《くらのすけ》、得心《とくしん》しておらぬようじゃの」

　興奮しているのか、早口で、光秀は訊ねた。利三は、

「いえ、ただ気になりましたのは、大義は何でござるか。上様を討つ大義は」

　荘重《そうちょう》な口調で聞き返す。皆が、光秀の顔を見つめる。光秀もまた一同を見回すと、

「信長父子、悪逆、天下の妨げになるので討ち果たしたとでも言えば良い。理由など後から付いてこよう」

さらりと言った。

「つまり、天下の主《あるじ》となりたい。これが御殿の本心ですな」

利三は本心から得心したように頷いたので、光秀は、

「そうじゃ。武人として、誰もが一度は思うことであろうよ。その機会が今こうして転がり込んでこようとしているのじゃ。それを逃す大うつけもおるまい」

片手を開いていたのを固く握りしめて、歯を噛みしめた。

「承知致しました」

「我らどこまでもお供仕る《つかまつ》」

「承知」

「殿に付いていきまする」

小声だが、どこまでも力強い声が、光秀の耳に届く。光秀は、目を潤《うるま》せて、四人の手を両手で握った。彼らもまた光秀の手を握り返した。


六月一日の夜、明智軍一万三千は亀山城を発した。軍勢は備中へ向かう進路ではなく、山城と丹波の国境《くにざかい》の老ノ坂《おいのさか》を越えて、沓掛《くつかけ》(現・京都市西京区)で休息をとる。ここから南方に進

めば西国街道、東に行けば、京の都だ。備中に向かうはずが、軍勢は東方に進路をとった。

「今から都に向かう」

騎馬武者が、隅々にまで、進路変更を伝えて回る。

「今から都に行くのか」

「なぜじゃ」

行軍中の兵士たちに僅かではあったが、動揺が見られた。本城惣右衛門《ほんじょうそうえもん》も不思議に思った
兵卒の一人であった。

「おい、なぜ、都に行くのじゃ」

惣右衛門の後ろにいた見知らぬ兵が、肩を叩いて聞いてきた。

「さぁな、知らんが。もしかしたら、徳川(家康)殿を討つのではないか」

にやりと笑って、惣右衛門は適当に答える。

「えっ、徳川殿を。なぜじゃ、どうしてじゃ」

その兵がしつこく訊ねてきたので、惣右衛門は面倒くさくなり、

「知らぬ」

と言うと、前を向いて、歩を進めた。桂川《かつらがわ》を越えたところで、ようやく夜が明けてきた。

六月二日早朝、本能寺。未だ寝所で横になっている信長に、何やら騒々しい声が聞こえてきた。本能寺に来てからというもの、連日のように公家・町人・僧侶たちが訪問してくるので、その相手をして、信長も少し疲れてはいた。六月四日には、中国地方に向けて立つ心積りはしていたので、体をしっかり休めたいと思ってはいたのだが。早朝からうるさい声が聞こえてくる。

「誰かある」

信長は、いらいらした声で、小姓を呼んだ。森蘭丸《もりらんまる》が廊下に片膝付くと、

「騒々しいようじゃが、如何したのだ」

目を見開き、信長は尋ねた。蘭丸は、

「下々の者の喧嘩でございましょう」

よく透る声を響かせる。が、その時、銃声が聞こえてきたので、

「さては謀叛か、如何なる者の仕業であるか」

信長は、銃声がした方を睨む。

「急ぎ、見て参ります」

蘭丸は廊下を滑るように駆けていくと、暫くして戻ってきて、

「明智の手の者にございます」

口惜《くちお》しいという表情をした。しかし、信長は、

「是非もなし」

というと、弓をとって、廊下に出る。既に明智の軍勢、寺内に充満しており、馬廻衆や小姓衆も奮戦するが、衆寡敵《しゅうかてき》せず、次々と死体となっている。信長は、矢を放つが、暫くすると、弓の弦が切れてしまう。蘭丸は新たな弓を信長のもとに届ける。それをまた信長が、引き絞って、明智の兵に放つ。兵は悲鳴をあげて倒れる。しかし、その弓もまた弦が切れ、

「これが最後にございます」

蘭丸が持参した弓を使うも、あっという間に、弦は切れる。信長は弓を叩きつけると、

「槍を持て」

蘭丸に命じた。信長は槍で、敵兵を突いていったが、逆に肘《ひじ》を突かれて、白衣は血に染まる。

「蘭丸、さらばじゃ」

信長はそう言うと、奥の部屋に引き退く。見事なほどの潔《いさぎよ》さだ。無念という気持ちは信長

にはないのであろうか。ないとするならば、それは、信長が一瞬一瞬をそれこそ懸命に生きてきた証左《しょうさ》であった。奥の部屋へ消えようとする信長を見つけた女房衆が、

「上様、是非ともご一緒に」

涙声で言上するが、

「女たちは構わぬ。急ぎ、ここを脱けよ」

信長の厳命により、寺から落ちていった。本能寺から火の手があがり始めた。殿中深く入っていった信長の最後を見た者は誰もいない。『信長公記』は「最期の御姿を見せまいと思われたのであろうか、殿中奥深くお入りになって、中からお納戸の戸口に鍵をかけ、哀れにもご自害なさったのである」と記すのみである。

明智謀叛の知らせは、妙覚寺にいた信長の嫡男・信忠にも入った。信忠は、

「本能寺に向かうぞ」

と言い、すぐに寺を出たが、そこに、村井貞勝が走り寄り、

「本能寺は最早、焼け落ちてしまいました。敵はすぐにこちらに攻め寄せてくるでしょう。二条の新御所なら構えも堅固です。さぁ、急ぎ二条新御所へ」

と引き留めるので、信忠は二条の新御所に赴く。そこには、誠仁親王《さねひとしんのう》と、若宮《わかみや》の和仁《かずひと》（後の後陽成天皇《ごようせい》）がいらっしゃったので、信忠は、

「ここも、戦場になりましょうほどに、親王様、若宮様は禁中《きんちゅう》にお入りなされませ」

と言上し、既に御所を囲む明智軍に、一時、停戦の申し入れをする。二人の皇族は、明智勢から輿《こし》での脱出を禁じられて、哀れにも、徒歩で御所を脱せられた。それを見届けてから、信忠は、今後の方策を協議する。

「一先ず、安土に行かれては如何でしょう」

との声もあったが、信忠は、

「いや、このような謀叛を起こすほどじゃ。敵は易々と我々を逃すまい。雑兵の手にかかって死ぬのは無念である。ここで腹を切ろう」

歯噛みして言うと、鬨の声をあげて攻め来たる明智軍に、信忠主従は果敢にも立ち向かっていく。続々と現れる敵兵を斬り殺し、斬り殺し、主従はよく戦った。その戦い振りは、刀の切っ先から火花がほとばしるほどであった。明智軍は、近衛前久《このえさきひさ》の御殿の屋根にあがり、そこからも弓や鉄砲を打ち込んでくる。信忠の周りにいた勇士たちも、傷付き、あるいは倒れて、供の者数名になってしまった。ついには、敵は御所に入り込み、火を放つ。辺りには、

家の子・郎党の死体が散乱している。思う存分戦った信忠は、

「私が腹を切ったら、縁の板を引き剥がし、その中に私を入れて、隠すように」

と言うと、腹を切り、家臣の鎌田《かまた》新介《しんすけ》に介錯《かいしゃく》させた。新介は信忠の首を打つと、死骸を隠し、その後、暫くして、火葬したという。


光秀は、じりじりする想いで、本能寺が焼けて落ちる様子を見ていたが、ついに、

「信長の首はまだか。信忠の首はどこじゃ」

側にいた利三に怒声を発した。信長父子はどこかに逃亡したとも考えられる、そうなれば厄介なことになる。光秀が、特に信長の首を求めるのも至極当然《しごくとうぜん》であった。利三は、

「お待ちくだされ」

最前から何度も繰り返していたが、一向に信長の首は出てこない。その代わりに、落人狩《おちゅうどが》りの犠牲者の首が、光秀の眼前に山のように届けられていた。その中には織田家の人々と無関係の首もあっただろうが、それはともかく、山のような首の中にも、信長の首は一つもなかった。

（さては、女に紛れて、逃げたか）

とも思ったが、これだけの軍勢で、誰何《すいか》を厳しくしている。信長が逃れることは、万に一つもないだろう。光秀は徹底した落武者《おちむしゃ》狩《が》りを命じたので、洛中の人々は、恐慌状態に陥り、多くの者は御所の周辺に押し寄せる。御所なら安全と、その中に入り、小屋を作って住んだのである。

「民は怯えております」

利三が、本能寺ばかりを見つめている光秀に忠告すると、光秀は、はっと何かに気が付いたような顔になり、

「皆に、都を焼き払うことは断じてないと伝えよ。また、明智の者が民に危害を加えたら、その者は必ず殺すと伝えよ」

肩をいからせて、利三に告げた。

（今は我こそが天下人なのじゃ）

光秀は、胸を張り、瓦礫と化した本能寺を馬上から見下ろすのであった。

信長の骸は、とうとう見つからなかったが、いつまでも本能寺跡に立ち止まっている訳にはいかない。光秀は、後ろ髪を引かれるように、そこから、京の自邸に戻る。光秀謀叛、信

長横死《おうし》を聞けば、羽柴秀吉や柴田勝家などは、必ずや、光秀を討つために駆けつけてくるであろう。それまでに、できるだけ味方を増やす必要がある。

（羽柴筑前と対峙する毛利にも書状を送ろう）

光秀は、邸に入ると、先ずはせっせと書状を認めた。今のところは、旧若狭守護の武田元明《もとあき》と、京極高次《きょうごくたかつぐ》（旧近江半国守護）は、光秀に加勢すると知らせてきている。元明は丹羽長秀の佐和山城（現・彦根市）を、高次は長浜城を攻めて押さえてくれたので、有難い存在である。

光秀は、美濃の豪族・西尾光教《にしおみつのり》や、毛利氏などに手紙を書いた。西尾氏には「天下の妨げとなるので、悪逆な信長父子を討った。味方してほしい」と要請した。毛利輝元《てるもと》には「悪逆無道の信長を討ち果たした。秀吉は毛利が討ち果たすべきこと」を伝えようとした。

「急ぎこれらを届けるのじゃ」

光秀は、使いの者に書状を持たせ、三日には近江坂本城に入った。

六月七日には、天皇の使者（勅使《ちょくし》）が光秀のもとを訪れた。勅使は、光秀と親しい吉田兼見である。兼見は、いつもと変わらない口調で、光秀に語り掛けた。

「変乱により、都は未だ騒がしい。鎮静に力を尽くしてほしい」

口調こそ穏やかだが、心労からか、兼見は少しくたびれて見えた。上座の兼見に向かい、

「仰せ、承りました。この光秀、都の鎮静に努めまする」

光秀は、平伏して答えた。

「日向守殿、それにしても、なぜ、信長父子を討たれたのだ」

兼見の声が上から振ってきた。一瞬、光秀は本心を打ち明けようかと思ったが、それも面倒くさく思えて、

「信長父子、悪逆非道を懲らしめるため、討ちましてございます」

型通りの「言い訳」をした。

「そうか」

兼見はポツリと呟いただけだった。光秀は、すぐに上洛し、正親町天皇や誠仁親王に拝謁する。喜ばしいことに、天皇も親王も、光秀に親しく語り掛けてくださり、謀叛を非難する言動は少しもなかった。そればかりか、

「都の支配を任せよう」

との有難い仰せも、親王からはあった。六月九日、光秀は兼見の邸に赴くと、天皇や皇太子に銀子《ぎんす》五百枚を献上した。大徳寺《だいとくじ》や京都五山《きょうとござん》には銀子百枚、兼見には銀子五十枚を贈った。

（これで、朝廷や寺社は我が手中にあり。都の支配も円滑に進むだろう）

ひと息ついた光秀に気懸りなことがあった。縁戚《えんせき》の細川藤孝・忠興父子が、喪に服することを表明し、剃髪《ていはつ》したというのだ。

（何たることか。このような時のために、珠を嫁がせてあったというのに）

光秀は、旧知の間柄であるにも拘わらず、味方をしてくれない藤孝に立腹したが、気持ちを落ち着けて、書状を認めた。

「藤孝殿と忠興殿が、髻《まげ》を切ったと聞いて、正直、腹を立てました。しかし、重臣を遣わしますので、どうか今後も親しく交わってほしい。ご両人には摂津国を与えようと思います。また、若狭を望むなら、それも良いでしょう。遠慮なく、すぐに申し出てください。私が不《ふ》慮《りょ》の儀を行ったのは、忠興殿を取り立てるためで、それ以外に理由はありません。五十日、百日の間に、近国の支配をしっかりして、それ以降は、私の嫡男・十五郎と、忠興殿に後のことは託そう。私は政《まつりごと》には関わらない」

信長を殺した理由を「忠興を取り立てるため」としたのは、完全な後付けである。少しでも細川家の気を引くことができれば、そして加勢してくれたらという必死の想いで記したのだ。

大和の筒井順慶《つついじゅんけい》も光秀と親しい間柄であり、最初こそ、京に援軍を派遣してくれたりしていたが、急にそれを呼び戻したかと思うと、最終的には羽柴秀吉に付くことを決めたという。間違いなく味方してくれる、そう思っていた人々が、光秀から離れていった。これは光秀にとっては、大きな誤算であった。

毛利氏と和睦した秀吉は、六月十日には、兵庫に、翌日には尼崎に到着していた。十二日には摂津富田《せっつとんだ》(現・高槻市)に、十三日の昼頃には、山崎《やまざき》に着陣する。その軍勢は四万に膨れ上がっていた。一方、光秀の軍勢は、一万三千、劣勢は明らかであった。丹波の国衆の動員も叶わず、光秀のもとに馳せ参じたのは、直属の家臣団が殆どである。

「秀吉接近」の報を受けた光秀は、山崎で敵を迎え撃つことにした。既に十二日には、両軍の間で小競り合いが起こっている。

「夜襲をかけるのじゃ」

味方は少数、これを補うには、夜襲しかない。そう感じた光秀は、夜に秀吉軍を攻撃する。しかし、秀吉軍は圧倒的な大軍であり、しかもその中には、摂津近辺の地理に明るい高山右近《たかやまうこん》・中川清秀《なかがわきよひで》・池田恒興《いけだつねおき》といった摂津国衆が参集していた。

瞬く間に光秀の軍勢は揉みつぶされ、敗北する。光秀は、勝竜寺城《しょうりゅうじ》(現・京都府長岡京市)に退くが、そこもすぐに羽柴方の軍勢に包囲される。

「城を出よう。坂本に赴き、そこで再起を期すのだ」

勝竜寺城から逃れた光秀主従、僅か数人は、六月十三日の夜、小栗栖《おぐるす》(現・伏見区)に差し掛かる。辺りは、藪《やぶ》が生い茂る寂しい場所であった。


本能寺襲撃からの連日の緊張感と疲労で、光秀の体はふら付いている。馬からいつ落ちてもおかしくない状態であった。光秀には、眼前に広がる藪が、永遠に続くように思えた。

(まさか、このようなことになるとは……)

信長を討ったは良いが、その後、殆どの者が、秀吉に味方してしまった。しかも、秀吉が素早く、毛利と和解し、これほど早く畿内に戻ってくるとは思いも寄らなかった。しかし、悔やんでも仕方がない。自らが進んだ道なのだ。そして、勝負は時の運もある。光秀もこれまで多くの者を、今の自らのような境遇に追いやってきたではないか。三好・浅井・朝倉、延暦寺、丹波の波多野……計略を用い、時には残忍な方法によって、敵を追い詰め、殺してきた。今更、嘆いたところで、何になろうか。

光秀の体が眠気で前に傾いた時、脇腹にズシリと重たいものが、刺し込まれた感触がした。

そのすぐ後には、激痛が走る。光秀が目を開くと、藪から刀が飛び出てきて、それが自らの腹を貫いている。その刀から少し目を逸らすと、顔に墨が付いたような、汚れた男たちが、十人ほど、光秀主従の周りを取り囲んでいた。

（落ち武者狩りか、雑兵どもめが）

光秀は刀を抜き、腹を刺している男に斬りつけようとしたが、背後から槍のようなもので、背中を突かれる。光秀は馬上から落ちた。

（誰かある、誰か）

光秀は心中で家臣を呼んだが、辺りは騒々しいばかりで、何がどうなっているのか、全く分からない。藤田伝吾や斎藤利三は、どうしているであろうか。明智秀満は……。光秀は混乱の中ではぐれてしまった家臣たちを想う。

伝吾は、山崎の戦いで負傷し、淀《よど》まで退却していたが、勝竜寺城陥落の報を聞き、自刃《じじん》して果てていた。斎藤利三は、逃走中であり、その後、堅田《かたた》(現・大津市)に潜んでいるところを捕縛され、京の六条河原《ろくじょうがわら》で斬られることになる。明智秀満は、安土城から坂本城に移り、そこで防戦しているが、叶わずに、妻子を殺して、自害することになる。

（誰かある……）

光秀の意識は遠のいていき、暫くすると無になった。首になった光秀は、本能寺に晒された。群衆が光秀の首をじっと見つめている。

「これが、光秀の首か」

「謀叛人の首じゃ」

「罰が当たったのだ。主殺しなどして」

人々はヒソヒソと言葉を交わし合う。中には、黙って、首に石を投げつける者もいた。石が首にぶつかり、光秀の顔に傷が付く。しかし、首となった光秀の表情には、なぜか薄っすらと笑みが浮かんでいるように多くの人々には思えた。

あとがき

　明智光秀と言えば、映画やテレビの時代劇または小説などで数限りなく、描かれてきた。光秀を主人公にした小説では、清廉《せいれん》で真面目な光秀像が大半だったように思う。また、大河ドラマでも、光秀はそうしたイメージで描かれてきたと言えよう。令和二年に放送された大河ドラマ『麒麟がくる』も、光秀をそうした風に描いている。

　しかし、本作品を読まれた読者は、そのようなイメージは崩れたのではないだろうか。もちろん、創作を交えた部分もあるが、大半は史実と思われることを中心に書いてきた。家族や家臣を労わる優しい光秀も描いてきたが、その一方で、比叡山延暦寺攻めに積極的に加担し、ある時は謀略を用いて残忍な方法で敵を倒すダークな面も描いてきた。叡山攻めというと、ドラマにおいては、光秀は信長を諫《いさ》め、時には殴られる役回りであるが、史実はそうではなく、大仰に言えば、ノリノリで参戦していたのである。焼き討ち直前に、近江の豪族に、光秀が出した手紙に「延暦寺に味方する連中は絶対に撫で斬りにします」と宣言しているのだ。撫で斬りとは、徹底的に敵を討ち滅ぼす殲滅戦《せんめつせん》のことである。丹波の八上城攻めにしても、厳しい兵糧攻めにし、敵の首を悉く刎ねるように命じている。

これまで、信長ばかりが残忍なイメージで語られてきたが、光秀もそれと同じくらい残酷だったのだ。しかし、現代人の視点から「残忍・残酷」とばかり言っていても、仕方ないし、それでは本当の歴史は見えてこないだろう。歴史を考える時には、現代人の価値観や視点をいったんは忘れて、虚心坦懐《きょしんたんかい》に物事を見なければいけないからである。今の視点で歴史を考察したら、人物は歪んでみえてしまうだろう。

戦国乱世という非情な現実が、信長や光秀あるいは秀吉(またはその他、大勢の当時の人々)の価値観や精神をつくっていったのだ。もし、現代人が戦国時代に放り込まれたら、同じ立場であれば、光秀らと同じ行動をするのではないだろうか。その可能性を全く否定することはできないだろう。

さて、光秀と言えば、本能寺の変である。本能寺の変は「戦国最大のミステリー」と言われ、誰か黒幕がいるのではないか、黒幕は朝廷だ、いや足利義昭だ、秀吉ではないかと、議論が白熱している。

また、光秀が謀叛を起こした理由についても、信長が暴力を振るったからだ、家康の饗応に光秀がヘマをやらかして信長に怒られたからだ、信長の四国政策の転換が光秀を怒らせたのでは等々、様々な意見が出されている。しかし、私は本作品で、光秀の単独犯行で、主に野望説を採用して描いた。信長の暴力事件や家康の饗応事件にしても、しっかりした一次史料に掲載されている訳ではないし、信長の四国政策の転換にしても、それほど光秀の面目を傷付けたとは思えないのである。そこまでして、長宗我部に肩入れする理由もないし、別に長宗我部と光秀は運命共同体でも何でもない。長宗我部が滅びたら滅びたで、別に大して気にもしなかったのではないだろうか。叡山や丹波攻めの光秀の言動を見ていて、私はそう思うのである。

光秀は甘い人間ではない。戦国時代の日本で布教活動を行ったイエズス会の宣教師ルイス・フロイスは『日本史』の中で、光秀のことを「才知《さいち》、深慮《しんりょ》、狡猾《こうかつ》」

「裏切りや密会を好む」「忍耐力に富み、計略と策謀の達人」と評している。フロイス『日本史』の記述を全面的に信用することも慎まなければいけないが、光秀は、忍耐力があり、謀略に長《た》けた人間と、同時代人に思われていたのではないだろうか。そうでなければ、信長のもとで、あれほどの出世を遂げることはできなかっただろう。秀吉もまた然《しか》りである。そうした光秀が、仮に信長に殴られたり、怒られたり、または政策変更如きで、主殺しをするなど考えることはできない。

信長が、少数の供の者と本能寺にいる。信長を討ち、天下統一とまでは行かなくても、今よりももっと大きな飛躍を遂げたい。乱世を生きてきた武将がそう考えても不思議ではない。光秀の本能寺の変後の行動を見ると、とても用意周到に謀叛を準備してきたようには見えない。今がチャンスとばかりに突発的に信長を討ったように思うのだ。「本能寺の変に謎はない」――これが私の結論である。

主要参考・引用文献一覧（敬称略・順不同）

奥野高広・岩沢愿彦　校注『信長公記』（角川書店、１９６９）
太田牛一、榊山潤『現代語訳　信長公記』（筑摩書房、２０１７）
金子拓『信長家臣　明智光秀』（平凡社、２０１９）
小泉三申『明智光秀』（岩波書店、２０１９）
早島大祐『明智光秀』（ＮＨＫ出版、２０１９）
渡邊大門『明智光秀と本能寺の変』（筑摩書房、２０１９）
小和田哲男　監修『ＮＨＫ大河ドラマ歴史ハンドブック　麒麟がくる』（ＮＨＫ出版、２０２０）

濱田 浩一郎（はまだ こういちろう）
1983年生まれ、兵庫県相生市出身。歴史学者、作家、評論家。皇學館大学大学院文学研究科博士後期課程単位取得満期退学。兵庫県立大学内播磨学研究所研究員・姫路日ノ本短期大学講師・姫路獨協大学講師を歴任。現在、大阪観光大学観光学研究所客員研究員。
著書に『播磨赤松一族』（新人物往来社）、『あの名将たちの狂気の謎』（中経の文庫）、『教科書には載っていない 大日本帝国の情報戦』『昔とはここまで違う！歴史教科書の新常識』（以上、彩図社）、『龍馬を斬った男 今井信郎伝』『龍虎の生贄 驍将・畠山義就』『小説アドルフ・ヒトラー（全3巻）』（以上、アルファベータブックス）、共著に『人物で読む太平洋戦争』『大正クロニクル』（以上、世界文化社）、『図説源平合戦のすべてがわかる本』（洋泉社）、『源平合戦「3D立体」地図』『TPPでどうなる？ あなたの生活と仕事』『現代日本を操った黒幕たち』（以上、宝島社）、『NHK大河ドラマ歴史ハンドブック軍師官兵衛』（NHK出版）ほか多数。監修・時代考証・シナリオ監修協力に『戦国武将のリストラ逆転物語』（エクスナレッジ）、小説『僕とあいつの関ヶ原』『俺とおまえの夏の陣』（以上、東京書籍）、『角川まんが学習シリーズ 日本の歴史』全十五巻（角川書店）。

明智光秀《あけちみつひで》 その才知《さいち》、深慮《しんりょ》、狡猾《こうかつ》

シリーズ・敗軍《はいぐん》の将《しょう》の美学《びがく》①

発行日　2024年2月26日 初版第1刷

著　者　濱田浩一郎
発行人　春日俊一
発行所　株式会社アルファベータブックス
〒102-0072 東京都千代田区飯田橋2-14-5
Tel 03-3239-1850 Fax 03-3239-1851
website https://alphabetabooks.com
e-mail alpha-beta@ab-books.co.jp
印　刷　株式会社エーヴィスシステムズ
製　本　株式会社難波製本
用　紙　株式会社鵬紙業
ブックデザイン　Malpu Design（清水良洋）
カバー装画　永井秀樹

ISBN 978-4-86598-109-4　C0093